BESOUROS
ABSTÊMIOS

Leonardo Valente

relicário de cuspes

1ª Edição 2023

BESOUROS ABSTÊMIOS

Grafia atualizada segundo o Acordo Ortográfico da Língua Portuguesa de 1990, que entrou em vigor no Brasil em 2009.

Capa e projeto gráfico
Roseli Vaz

Foto de orelha
Diego Mello

Preparação
Sanny Bertoldo

Revisão
Simone Gondim

Besouros Abstêmios é um selo editorial sem fins lucrativos do Literatura Livre. Pelo menos 15% da tiragem deste livro é destinada a projetos sociais de inclusão pela leitura, e doada para bibliotecas públicas e comunitárias.

Dados Internacionais de Catalogação na Publicação (CIP)
Bibliotecária responsável: Tábata Alves da Silva CRB 819253-0

Monteiro, Leonardo Valente
Relicário de cuspes / Leonardo Valente Monteiro. -- Niterói, RJ : Ed. do Autor, 2023.

ISBN 978-65-00-62453-3

1. Romance brasileiro I. Título.

23-145368 CDD-B869.3

Índices para catálogo sistemático:
1. Romances : Literatura brasileira B869.3

Avenida Marechal Câmara 160, Edifício Orly, sala 1107,
Condomínio Empresarial Chales de Gaulle, Centro,
Rio de Janeiro -RJ, CEP 20.020-080.
contato@besourosabstemios.org.br
www.literaturalivre.org.br
www.besourosabstemios.org.br
facebook.com/besourosabstemios
instagram.com/besourosabstemios
twitter.com/besourosabstemios

relicário de cuspes

Leonardo Valente

Neste livro, interessa menos o que a palavra
diz e muito mais o quanto machuca.
(L.V.)

relicário de cuspes

água suja, as chagas vermelhas de Cristo, um prato de plástico amarelo com arroz, feijão e farinha sem bife e uma vela branca acesa no banheiro perfumado com alfazema. uma jangada partiu comigo da praia em direção ao mar ao som de Caymmi, não sei quem nem quantos a empurraram, deslizou pela areia molhada até imbicar levemente ao bater em uma pequena onda que se encerrava, e seguiu. uma porta fechada, de madeira bem escura e com uma placa de metal cinza com letras pretas em relevo, dessas de automóvel, escrito mãe. não consegui abrir, sequer precisei meter a mão na maçaneta redonda de plástico que fingia bronze para saber se estava destrancada, estava, eu sabia, mas não consegui abrir, não consegui entrar. Choro. uma caixa térmica de concreto para esquentar água de chuveiro cor de cimento queimado presa no teto azul despencou e se estilhaçou no chão marrom do box; um menino pelado e molhado gritou assustado e encostado na parede de azulejos rosa do lado oposto, a cara do diabo dentro de um relógio de parede no meio de um centro espírita olhou para esse menino e disse: vá embora. a vela de tecido cru da jangada balançou ao vento em meio ao céu violáceo com um nublado mais roxo, tom irritado aceso por fios entrelaçados de raios azulados sem trovões, raiva assustadoramente silenciosa, fúria doce, paisagem épica e solene. o vento soprou forte, mas mexeu apenas de leve na vela e fora da arrebentação provocou ondinhas contínuas que não alteravam o curso das embarcações, ondas que nem puxavam, nem empurravam, o vento não comprometia a viagem e como tudo ao redor mostrou-se forte sem ferir, a jangada singrou mar adentro. o arroz com feijão endureceu com a farinha de mesa, a porta com placa de mãe enrolou bolinhos com a mão, é só o que tem para hoje, não dá para desperdiçar, disse. não consegui abri-la, não consegui entrar. as chagas de Cristo apareceram em uma igreja, sozinhas, sem Cristo, só as chagas. mais vermelhas. Choro. panelas podres em cima da pia da cozinha, um protesto silencioso, a água suja e escura dentro delas misturou restos de feijão com o café frio que sobrou da manhã. uma tia chegou para prestar socorro. a porta com placa de mãe não tinha rodo vedador na parte de baixo e por um pequeno vão de um dedo entre ela e o chão, fronteira por onde baratas passavam, deu para ver uma luz branca. não consegui abrir, não consegui entrar.

mar escuro como caldo ralo de feijão preto, mas escuro afável. a jangada parou em um ponto de onde não tive mais noção de qual direção partiu, só vi mar e céu quase roxo com relâmpagos azuis. sem tocá-la, senti a água quente, o sal acolhia e convidava, o cenário inóspito e distante abraçava, o que se encontrava lá embaixo simulava cheiro e calor de útero. as chagas de Cristo sangraram. a água suja das panelas em cima da pia coagulou em vermelho-escuro quase preto. o menino sobre os ombros do pai sentiu a fumaça do gás lacrimogêneo, os bolinhos de arroz com feijão e farinha bafejaram o fedor de cigarro do centro espírita e o perfume de alfazema se dissipou no banheiro, que passou a ter cheiro e gosto salgado de mar. outras jangadas deixaram a praia, todas comigo, não sei quantas, não vi mais a praia, apenas sei. Choro.

o mar convidou a entrar, voz suave e de afeto, da jangada percebi que a vela acesa do banheiro acenou lá de baixo. não deu para ver, enxerguei apenas um vulto de luz no fundo a me desenhar a memória, desconheço quão fundo, mas tratava-se da vela. o cheiro amargo do cigarro lacrimejou os olhos do menino aturdido em cima do ombro do pai. o pai tinha o rosto do diabo do relógio do centro espírita. finalmente, meti a mão na maçaneta da porta, estava realmente destrancada e não abri, não consegui abrir nem consegui entrar. a placa de mãe na porta virou de cabeça para baixo e surgiram um monte de outras portas de madeira escura em um corredor *ad infinitum*, estas sem placas, umas ao lado das outras, todas destrancadas, porém fechadas. da jangada, senti cheiro de bife à milanesa, mas não vinha da cozinha, os bolinhos de arroz com feijão e farinha boiaram no sangue coagulado formado na água suja dentro das panelas. a tia com perfume de alfazema tocou o interfone, e então decidi mergulhar. Choro, dessa vez sobre as chagas de Cristo em cima do relógio do diabo.

******

O nome do menino é Carino. O meu também, mas não somos um. Na verdade, preciso mergulhar para encontrar esse menino e saber quem realmente é, para resgatá-lo daquele box gelado, repleto de pedaços de uma caixa de concreto despencada de repente, enrolá-lo em uma toalha, aquecê-lo com a minha vela, lavar aquelas panelas e servir arroz, feijão e bife. Não, a vela do banheiro não é minha, herdei da porta com placa de mãe que ainda não abro, mas que consegue indicar onde estão as chagas de Cristo, que sangram e coagulam todos os dias, ora na igreja, ora no banheiro, ora nas panelas da pia da cozinha. Yolanda perguntou por que o Choro e não respondi. Insisti apenas que precisava mergulhar naquele mar escuro e quente para tirar o relógio da parede do centro espírita e, quem sabe, apagar a cara de diabo do pai que carregava o menino nos ombros e o sufocava com o cheiro de cigarro lacrimogêneo. *O mar não te cobra essa viagem, nem a porta que seja aberta,* disse ela.

******

no mar quente, 17 de novembro de 1978, sobre a jangada, 15 de dezembro de 2019. não muito fundo, o menino testemunhou o pai de pé com o peito estufado feito galo de rinha gritar enfurecidamente por quase dez minutos para a porta com placa de mãe, com os olhos de guerra e o nariz que expirava cólera embicado em posição de ataque, quase encostado nela. o garoto encolheu, quase sumiu sentado no sofá, contorcido pela impotência, acuado e sufocado com o cheiro do cigarro lacrimogêneo largado em um cinzeiro sobre a mesa de jantar e cuja fumaça tornou ainda mais turva a cena. o medo maior, pavor para ser preciso, era o pai passar por aquela porta, sabia como abri-la, sempre teve medo de que a porta com placa de mãe fosse espancada por aqueles gritos do outro lado desconhecido. a situação piorou quando a boca da fera, além dos grunhidos insuportáveis e assustadores passou a atirar cuspes empedrados. um deles, ao bater na madeira, estilhaçou-se como bomba de fragmentação, espalhou-se por todos os cantos da sala e vários desses pedaços o atingiram no tronco e nos braços, imprimiram em seus olhos dois traços de pavor e roxearam sua pele fina, feridas intumescidas quase da mesma cor do céu repleto de raios. sobre a porta com placa de mãe, não tinha como saber em que estado se encontrava do outro lado, mas foi possível ver os machucados igualmente roxos na madeira escura e na maçaneta que perdeu todo o resto do bronze, descascada pela tristeza. no vão por onde cruzavam as baratas, brotou o sangue coagulado das chagas de Cristo e do outro lado só vi vermelho.

******

Sobre a jangada, uma boca torta e dormente implorou por ajuda. A sensação súbita de descontrole do próprio corpo-templo, igreja adulta das chagas e das velas, proclamou de forma enganosa, porém incontrolável, a possibilidade de morte iminente. A um homem supostamente saudável de 40 anos, tresmalhado de seu rebanho, repleto de vazios e de transbordamentos, coube na repentina enxurrada de pensamentos negativos de origem desconhecida e sem barragem toda a dor existencial de uma finitude abrupta simulada, traduzida no prontuário do hospital após quatro horas em uma UTI e oito exames como pânico. Naquele mesmo dia, chegou Yolanda.

******

a tia entrou, aproximou-se da pia de mármore preto, tirou um bife à milanesa de uma sacola de papel azul-royal com girassóis amarelos e o pôs dentro da panela inox e enferrujada com a água suja misturada ao sangue coagulado das chagas de Cristo, e o sangue deixou de ser de Cristo e passou a ser de Ephialtes. voltou à sala do pequeno conjugado, sentou-se no sofá onde o menino coalhado de marcas roxas se encolheu e se anulou, e da sacola começou a retirar pedras parecidas com as do pai, ao mesmo tempo em que outras foram cuspidas ali mesmo de sua boca enrugada e desvirtuosa, formaram-se a partir de salivas fedorentas misturadas a verbos sujos que caíram endurecidos no estofado. as que retirou da sacola foram ruminadas e cuspidas previamente. arrumou-as em fila sobre o estampado florido em tons de verde-musgo, turvo de sujeira e manchado com cinzas do cigarro lacrimogêneo, e em seguida, convulsionada pelo ódio, atirou-as uma a uma com força crescente contra a porta com placa de mãe. atirou e uivou a cada ataque, e soltou fogo e fumaça pela boca, e gozou, gozo maléfico que manchou seu vestido de mesma estampa da sacola, azul-royal com girassóis amarelos, com pus amarelado e manchas catarrentas verde-escuro. parte da madeira austera abriu-se em lascas ainda mais escuras a expor nervos pulsantes de dor. o pai também se sentou saciado, exausto pela fúria e alimentado pela cena.

no céu violáceo sobre a jangada surgiram aviões coloridos, teco-tecos em tons cítricos, cinco ao todo - laranja, limão, piscina, mostarda e melancia, juntos em um sobrevoo em V. amigos e amigas da vida, ex-amores e colegas do trabalho, não pilotavam, eram os próprios teco-tecos. não deveriam aparecer, não tinham permissão de voo nem o mapa com as coordenadas. aproximaram-se em rasantes sincronizados, indiferentes aos raios reluzentes e entrelaçados e arremessaram pedras, as mesmas da bolsa da tia e dos cuspes que nasceram de sua boca enrugada, só que maiores, enormes. muitas. o mar se agitou com elas, a jangada balançou, o útero contraiu e a porta com a placa de mãe apareceu na superfície, boiou em meio ao sal diluído do mar feito feijão ralo, toda arranhada, repleta de lascas abertas como destroço de um naufrágio, sem que eu conseguisse alcançá-la. não era mais possível mergulhar ali, o chamado doce cessou ao mesmo tempo em que da água subiu como incenso um ar amargo de desconvite, um conselho para seguir imediatamente.

******

Não consigo me lembrar das palavras tíbias de ontem, nem das de hoje, das polvilhadas em açúcar para disfarçar o sabor aos palavrões mais ferinos e de amargos indisfarçáveis, todas bloqueadas, só posso estar doente. Recordo-me apenas das bocas e das feridas, de vagidos primitivos, de hálitos podres e de línguas espinhosas de tempos tão diferentes, que se misturam e se repetem como uma coisa só, de um passado que se renova como presente em outras pessoas nas mesmas perversidades, na mesma violência que ainda reverbera em meu rosto seco. Não me lembro das palavras, mas não consigo esquecê-las, sinto cada uma delas entre a pele e os músculos, doem a cada movimento, fisgam para me recordar que existem, dificultam meu caminhar, pressionam o peito, despertam imagens torpes, esquartejam afetos, mudam meu humor, interferem nos meus hábitos e nos meus relacionamentos, mas não me lembro delas. *Você não as apagou, nem está doente,* respondeu Yolanda, *devem ter sido guardadas em algum canto, até mesmo do outro lado da porta com a placa de mãe que você diz que não consegue abrir.* Menino, eu vou navegar até encontrar você-comigo-você, desviei.

******

luz bonita de se ver, o reflexo dos fios de raios entrelaçados e azulados no feijão ralo das ondas. virei a vela inúmeras vezes a pedido do vento e segui por léguas com a convicção de um jangadeiro sem rumo, porém não perdido, pois aquele mar também era eu. mar que carregava o mistério do tempo e de seus cálculos, vidas e palavras cifradas em seu sal, canções de terror para ninar e canções de ninar aterrorizantes em seu interior. disseram as águas que me conduziriam a lugares acolhedores ao mergulho, mas que também reservavam armadilhas e miragens em regiões onde o Sol fora esquecido. não muito tempo após o alerta, avistei amontoados rochosos sobre o espelho d´água, dezenas deles como ilhas sem vida espalhadas por todas as direções até onde a vista alcançava. sombriamente cinzentas com manchas negras disformes espalhadas por todos os lados, amontoados como mosaicos de pedras desordenadas, repletos de pontas finas que não escondiam suas intenções escrotas sobre a minha carne.

exalavam fumaça com um odor forte, repulsivo e ao mesmo tempo atraente de cigarro barato, simulavam vulcões prestes a desabarem e a desabafarem em magmas furiosos e incontornáveis. pelas frinchas entre as rochas, via-se um vermelho aceso e em alerta, brasa incandescente e provisoriamente contida. ao fixar os olhos naquelas erupções congestionadas, algo disse em mim não se tratar de ilhas, mas de enormes pontas como as dos icebergs, pontas de gigantescas montanhas de cuspes endurecidos e submersos que desciam não sei até quão fundo, mas que flutuavam sem a base de um chão seguro. falsos portos de relevos não desbravados e em desassossego, de sinuosidades hostis e com superfícies dedicadas à queda de quem se atrevesse a pisá-las.

desaconselhado e despreparado para ancorar perto delas, a explorar suas trilhas fantasmagóricas, tomou-me um medo avassalador de entrar e prender-me em uma de suas órbitas e de não conseguir escapar por efeito de uma gravidade desconhecida, de inebriar-me com aquele odor repulsivo e de tê-las como única referência, ainda que ilusória, de terra à vista; de bater ou encalhar em uma daquelas pontas duras e venenosas e tornar-me um náufrago de mim, asfixiado pela fumaça tóxica em uma viagem interrompida ainda em sua gênese. medo que nem os largos espaços de mar entre elas para seguir adiante sem sustos foram capazes de me tranquilizar. ao tentar acertar o rumo da jangada e escapar daquela paisagem de escarros, lembrei-me dos jogos de boliche na adolescência. toda vez que fixava na cabeça a ideia de que ao lançar uma bola não acertaria sequer um pino, mesmo com todos os sete perfilados ocupando quase todo o espaço da pista, contrariava a probabilística e a física de uma só vez e conseguia o feito impressionante de fazê-la escapar por qualquer pequena fresta e desaparecer ao fundo sem derrubar nem mesmo um. por isso, apesar daqueles espaços tão largos para seguir, tomou-me a certeza desesperada de um strike reverso, do fracasso autoprofetizado e cumprido na tentativa de escape. aqueles amontoados me perdiam o comando, dissipavam minha força de repulsa e abaixavam minhas pálpebras como se indicassem quem manda e quem obedece. um cheiro que fazia mal, corroía as narinas, mas que dizia vem. a vela da jangada insistia em mirar sempre na direção de um deles, nos relampejos de autonomia eu virava para uma passagem livre, mas sua rebeldia desviava e apontava para outro amontoado, uma luta de poucos minutos com o amargo de horas, um hiato de tempo esgaçado o suficiente para me derrotar em algum momento.

o mar, contudo, interveio. no meio de uma agonia infinita comprimida entre os limites do meu interior e a vastidão daquela região, emergiram no espelho d'água enormes favos de baunilha cor de abóbora, cada um com pelo menos meio metro de comprimento. apareceram, não sei de quão fundo chegaram, e ao boiarem exalaram por todo canto um cheiro forte e doce de bolo no forno, massa quase pronta com as casquinhas laterais bem crocantes, cheiro de cozinha com algo bom para comer, aroma de afeto e proteção, e que abraçou e acolheu, aqueceu e apascentou o espírito que navegava em agonia. quebrou o acalanto maldito e dissipou completamente o fedor de cigarro das rochas que inebriava a mim e a jangada e me errava o caminho. a vela voltou a me obedecer sem resistência, e, para facilitar ainda aquela fuga premente e necessária, os favos formaram uma trilha sobre o mar, indicaram com seus contornos um caminho seguro para que pudesse deixar as pontas para trás, pelo menos naquele momento, caminho que segui. pouco tempo depois, voltei a ver apenas mar e céu para onde quer que olhasse, e a sentir o vento leve que voltou a soprar a direção.

******

A fúria do pai sobre a porta com placa de mãe e sobre o menino quase sempre se fiava em sua aposentadoria magra e compulsória por invalidez como pretexto. A aposentadoria o proibiu de lançar, como por anos fez, gás lacrimogêneo contra as multidões a mando do governador biônico e do presidente militar, e foi a partir de então que a fumaça do cigarro começou a irritar os olhos do menino e a fazê-lo chorar com mais frequência, fumaça lacrimogênea para compensar o gás aposentado. Três maços e meio de cigarros por dia, esbaforidos em um conjugado em que a única janela permanecia quase todo o tempo fechada por causa do barulho insuportável da rua e da poluição. *E você lembra que doença o pai tinha?* perguntou Yolanda.

Doença estranha e mal contada a que resultou

no afastamento do trabalho. Lá do outro lado da porta com a placa de mãe, a voz que veio dela disse algumas vezes para o menino que o pai sofria de disritmia cerebral. Rótulo genérico para uma infinidade de desordens psiquiátricas, mas para a maldade também. Você não sabe que seu pai é nervoso, que tem problema?, ouviu o menino um sem-fim de vezes da porta, quase sempre após um ato de fúria. Frase que tinha o objetivo de acalmar, mas, especialmente de interromper seu choro o quanto antes, chorar sempre parecia perigoso. Mesmo toda lascada e arranhada, a porta insistia em justificar o injustificável. *E você lembra o que o pai dizia para fazer a porta com placa de mãe querer interromper o choro do menino?* Não me lembro de nada do que o pai dizia.

Depois que o menino nasceu, com frequência o pai sumia e passava dias fora de casa, paradeiro desconhecido, não se apresentava para o plantão no trabalho e a porta se desesperava, dizia que ele caíra na esbórnia e gastara o salário todo, que faltaria comida e a luz seria cortada, que o aluguel atrasaria e viria uma ordem de despejo, e então chamava a tia. Você não sabe que seu marido é nervoso, que tem problema? ouviu a porta com placa de mãe infinitas vezes da tia, e o objetivo também era conter o choro, só que por maldade. O menino gostava quando o pai sumia e lamentava por dentro quando ele voltava, geralmente sem banho, com sujeira de rua e de hipocrisia, pois as voltas com trejeitos calmos, voz arrependida e olhar vitimizado e simulado, geralmente fixo para o nada, em pouco tempo se convertiam em mais fúria. *Você lembra se o pai batia no menino, se batia na porta?* Bater com a mão, com cinto ou coisa assim? Nunca, não precisava, mas mesmo assim espancava.

A tia usou de influência na Polícia Militar para converter a demissão quase certa do pai em aposentadoria por invalidez, mas o salário cortado em um terço pelo governo deixou de ser o suficiente para a comida, e em pouco tempo, além do bife, começou a faltar até arroz, feijão e farinha. A porta com placa de mãe, cada vez mais arranhada, precisou num sábado de dispensa vazia apelar para o fiado na quitanda perto de casa, escondida do pai, porque ele adorava contar vantagem e posar de bem-sucedido para os amigos e vizinhos, e família com dinheiro não precisa de fiado. Mas a porta precisava pelo menos de um quilo de cada para fazer bolinho de arroz, feijão e farinha para o menino, único jeito de convencê-lo a comer sem carne. O pai descobriu a compra porque era amigo do dono da quitanda, que não entendeu o motivo de uma porta com um marido tão respeitado e bem-sucedido comprar três quilinhos no fiado. Humilhado por só conseguir lançar cigarros contra a multidão e fumaça contra o menino, e por se passar como mentiroso com o dono da quitanda, concluiu em suas verdades enviesadas que a porta desperdiçava demais e que o menino exigia demais, mais do que um homem de bem podia suportar, e brotou a fúria, mais uma vez. Yolanda nada comentou.

******

Choro. a igreja das chagas sem Cristo sobre o mar sangrou coágulos vivos pelos poros de suas colunas róseas, o telhado vomitou a água suja das panelas e dele vi despencarem no mar o sofá estampado e turvo, a tia e três xícaras do café frio da manhã. a jangada começou a se movimentar sem que eu estivesse nela ou decidisse sua direção, mas também não foi o mar quem determinou, agora sei que foi ela mesma. começou a girar sozinha ao redor do ponto em que me encontrava, como se me implorasse a subir. não sei em que profundidade explorava, sei apenas que deu para vê-la, e que seu fundo naquele momento se convertera na porta com placa de mãe.

o galo de rinha recuperou o fôlego e o desejo sádico, levantou-se do sofá com sua crina em chamas e a língua inflamada, deu as costas para a porta da qual instantes atrás esfolara a dignidade, empinou seu peito na direção do menino e o diabo no meio do relógio do centro espírita sorriu. Choro. a porta, em pé na outra ponta da sala do conjugado, na fronteira com a cozinha, tremeu e ouvi gritos, prantos e batidas angustiadas do outro lado. Choro. o pai imbicou o nariz grande e repleto de cravos pretos a um centímetro do rosto do menino, mesma posição de ataque. em seus olhos vermelho-sangue-ódio refletiram os raios do céu violáceo, das narinas subiram fumaça de gás lacrimogêneo e da boca aberta com presas amareladas pelo tártaro e pela nicotina exalou um bafo sufocante de cigarro barato, mesmo fedor das falsas ilhas rochosas. Choro. o menino tremeu de cima a baixo, deu para ouvir o atrito do roçar dos seus ossinhos, uma panela transbordou água suja e as batidas do outro lado da porta com placa de mãe soaram mais fortes. o cheiro de alfazema se intensificou no banheiro com a vela branca acesa, um Pai-Nosso e uma Ave-Maria subiram junto com a fumaça daquele pequeno fogo de súplica e na parede do centro espírita o relógio com a cara do diabo sorridente tremeu de excitação. a tia, sentada no sofá, com o vestido azul com girassóis amarelos melado do gozo de pus amarelado com manchas catarrentas verde-escuro comeu tranquilamente bolinhos de feijão com arroz e farinha enquanto acompanhava a cena. Choro. o primeiro cuspe empedrado lançado pela boca paterna diabólica bateu e queimou a pele fina do rosto do menino, e abriu lascas como a da porta. desespero. Choro. do vão da porta sem rodo vedador, o mar cor de feijão ralo entrou sem licença como uma inundação, a pedido da jangada, na tentativa de conter o pai.

******

Você sabe o que o pai gritou? Não vejo, não ouço! Yolanda, tudo ficou escuro, me ajuda!

******

Choro. o menino de rosto lacerado, lastro em carne viva, vomitou água suja misturada a guimbas de cigarro. na porta com placa de mãe mais lascas, dessa vez se abriram sozinhas. as chagas de Cristo boiaram, sem Cristo, no mar cor de feijão ralo que inundou o conjugado até as canelas. outra pedra de cuspe lançada com violência da boca do pai arrancou o último pedaço ainda inteiro da bochecha do menino. a tia, de pernas cruzadas e xícara de café em uma das mãos, animada com a orgia de ódio e a máquina retroalimentadora da infâmia, cuspiu mais pedras no sofá para arremessá-las contra a porta. alguns visgos mais ácidos ainda não endurecidos depositou em um aspersório para usar em outro momento. pintado em uma das laterais da xícara branca, o relógio do centro espírita com a cara do diabo gargalhou. Choro. o menino vomitou novamente, dessa vez uma massa espessa e seca de bolinhos de arroz, feijão e farinha. o vômito fez a tia gozar mais uma vez e o pus ocre com manchas negras escorreu pelo sofá estampado e turvo de cinzas, e chegou até o chão de taco marrom descascado.

******

A sensação de morte voltou. Uma dormência tomou conta da cabeça, a boca vai entortar, me ajuda, por favor, Yolanda, implorei. *Vomite com o menino, vai te aliviar, respire fundo e vomite com ele.*

******

mais uma pedra de cuspe arremessada da boca do pai afundou por inteiro o rosto do menino, a igreja das chagas sem Cristo desmoronou sobre as águas do mar, das lascas da porta com placa de mãe, sangue vivo e sangue coagulado brotaram, pregada no alto dela, uma coroa de espinhos negra, e do lado de fora do conjugado ouviu-se o barulho de motores de aviões teco-tecos a sobrevoarem a região. a tia dormiu no sofá toda lambuzada de gozo violeta, rodeada pelas pedras destinadas à porta e com a xícara rosa de café vazia sobre o peito. na figura do relógio do centro espírita pintada em vermelho na louça, o diabo também dormiu. o interfone tocou. o pai sentou-se na outra ponta do sofá, igualmente lambuzado de pus de gozo amarelo, e recostou a cabeça exausto. o menino, desfigurado, vomitou de novo, dessa vez aviões teco-tecos e pus colorido – amarelo, ocre, esverdeado, violeta e vermelho, o gozo do pai misturado ao gozo da tia.

******

Você não tem sentimento, e a maior prova disso é que nunca te vi chorar! Nem quando a gente se casou você derramou sequer uma gota de lágrima, isso não é coisa de gente! Você é tão sensível quanto uma porta! (ex-mulher teco-teco mostarda, durante uma discussão em 11 de fevereiro de 2018). Se continuar chorando por bobagem eu vou chamar seu pai. (a porta com placa de mãe, em casa, após o menino quebrar sem querer um brinquedo, em 2 de setembro de 1982). Te adoro, sabia? Você é um dos meus melhores amigos, nunca me canso de dizer! Vibro muito para que você nunca precise chorar nessa vida, sempre rezo para isso. Você é muito inteligente, bem-sucedido, consegue tudo o que quer, chorar para que, não é mesmo? Nada de choro! (amiga teco-teco melancia, durante ligação pelo celular, em 16 de julho de 2016). Esse menino não dança, não ri, só fica na barra da sua saia e chora, né? Deve ser doente por causa da sua criação (a tia, em conversa com a porta com placa de mãe, na frente do menino, durante uma festa de aniversário de um primo distante, em 7 de outubro de 1978). Preciso reduzir o seu salário e não quero ver choro aqui na empresa, a verdade é que você deve se sentir grato e feliz por não ter sido demitido, profissionais de verdade não choram, não reclamam, apenas produzem, cuide de seu emprego porque estou de olho (chefe teco-teco piscina, durante o anúncio de redução de gastos da empresa, em 8 de agosto de 2008). Você chora muito, é por isso que seu pai fica nervoso! Não foi nada, nem machucou! (a porta com placa de mãe, igualmente nervosa, em casa, após o menino prender o dedo na porta do banheiro, em 2 de setembro de 1980). Conheço a figura desde os 10 anos de idade e nunca vi escorrer uma lágrima, casou-se com ele porque você quis, falta de aviso é que não foi (amiga teco-teco melancia, em conversa com a ex-mulher teco-teco mostarda, por mensagem de texto em 19 de maio de 2017, repassada dois anos depois). Ih, ele não é homem não, gente, está chorando, olha só, é mariquinha, é viadinho! (vizinha de prédio e melhor amiga da porta com placa de mãe, após um escorregão do menino no corredor, em 19 de novembro de 1980). Isso, meu amigo, nada de choro, você precisa ser forte, é você o pilar de sustentação da sua família, eles podem chorar nesse momento, você não (amigo teco-teco limão, durante o enterro do pai, em 4 de janeiro de 2002). Você veio se consultar porque não chora desde o fim da infância? Quem bom que não chora, não é mesmo? Tornou-se homem. Deixa de bobagem! Vou te receitar um calmante e uma vitamina (psiquiatra, em consulta de 3 de abril de 2017). Aluno que chora, eu reprovo de ano sem dó nem piedade, detesto aluno chorão (professora da terceira série primária, após entrega da uma nota ruim de redação ao menino, em 8 de agosto de 1983). Seu marido é muito seco, o pai dele não vai levar nem uma lágrima do filho para o túmulo (amigo teco-teco limão para a ex-mulher teco-teco mostarda, durante o enterro do pai, em 4 de janeiro de 2002, sem saber que era ouvido pela tia). Não chora, não aguento mais! Estou nervosa! Não chora senão eu vou chamar seu pai (porta com placa de mãe, em casa após o menino ter esquecido o caderno na escola com o dever de casa, em 2 de abril de 1981). Seu pai vai chegar, engole esse choro, pelo amor de Deus, não sabe que ele é nervoso? Ele está chegando! (porta com placa de mãe, em casa, após fúria do pai, que saiu em seguida para comprar cigarros, em 7 de junho de 1982). Tá chorando por quê? Você não sabe que seu pai é assim? Menino bobo, esquisito! (a tia, após um ataque de fúria do pai com a porta com placa de mãe, em 5 de agosto de 1983). Queria ser tão forte como você! Te admiro tanto! Pode aparecer o que problema que for, vejo que você resolve e não fica chorando. Sou muito sensitiva, sabia? Sinto que jamais vou ver você chorar! Ah, que alegria! (amiga teco-teco melancia, durante jantar de amigos em 20 de maio de 2018).

******

A falta de ar me antecipa o fim, não consigo respirar! *O que ninguém te conta, o que ninguém te explica, é certo, o mar dará quando você também der para o mar, e junto virá o ar. Vomite mais!*

******

Engole esse choro! Engole esse choro, caralho! Filho meu não apanha, e quando apanha não chora, porra, devolve! (o pai, depois de o menino apanhar de um coleguinha no prédio, em 12 de março de 1979). Engole agora esse choro ou eu vou te meter a porrada! Não vai comer mais porra nenhuma! (o pai, após o menino rejeitar o jantar, em 13 de junho de 1978). Se chorar, eu vou te bater! (o pai, após o menino escorregar no chão de casa, em 1º de agosto de 1980). Engole essa porra desse choro! Parece viado! (o pai, depois de o menino ouvir os gritos dele com a porta com placa de mãe, em 2 de setembro de 1982). Não quero ouvir choro nessa merda de casa, tá entendido? (o pai, sem motivo e assim que o menino acordou, em 1º de fevereiro de 1977). Cala essa porra dessa boca, para agora de chorar! (o pai, após dar um carrinho do menino para um vizinho brincar, em 23 de outubro de 1979). Vou te dar uma porrada tão bem dada que você nunca mais vai chorar nessa vida, vai aprender a ser homem! (o pai, após o menino quebrar sem querer um copo na cozinha e ser duramente repreendido, em 13 de março de 1983). Homem que é homem não chora! (o pai, em conversa qualquer com o menino, em 9 de dezembro de 1980). Choro é coisa de viado, seja homem! (o pai, sem motivo e durante conversa com o menino, em 27 de janeiro de 1983). Já chega de chorar por qualquer coisa, você é um homem feito, porra, tem quase 10 anos! Se eu te pegar chorando por qualquer motivo, vou te espancar, vou tirar você da escola e te botar para trabalhar, para deixar de ser viado! (o pai, em conversa com o menino, em 8 de setembro de 1984). Apanhou na rua e chegou chorando? Vai voltar para a rua. E só volta para casa quando engolir o choro e bater em quem te bateu (pai, em conversa com o menino, em 12 de julho de 1983). Se não engolir essa porra desse choro vai dormir na rua (o pai, após o menino cair da cama enquanto dormia, em 18 de maio de 1979).

Se te pegar uma vez só chorando esse ano todo, não tem presente de aniversário (o pai, em conversa com o menino, em 2 de fevereiro de 1981. O presente nunca chegou). Se continuar chorando, vou te fazer passar vergonha com seus amigos aqui do prédio, vou te dar uma surra na frente deles (o pai, depois de o menino cair da bicicleta na porta do prédio, em 29 de julho de 1980). Já não falei para parar? Você me respeita e engole essa porra desse choro agora ou eu acabo com você! Com você e com essa porta que é a sua mãe, e que é a culpada disso! Acabo com ela primeiro, para que você veja! Moleque desgraçado filho da puta! (o pai, durante ataque de fúria, dos mais violentos, em 13 de maio de 1982).

******

na sala, sobre a mesa de jantar, a felicidade estava morta. um frango assado inteiro e um porco fatiado rodeados por maçãs verdes de cera compunham com o arroz de forno, ainda durante a luz do dia, o jantar de aniversário do menino. um pé com a sola imunda em cima do fogão amarelo-ovo da cozinha pedia para ser lambido. sentado no sofá sujo da sala, ao olhar para cima, avistei o fundo da jangada tremulante pelas ondas no lugar do teto. na outra ponta da mesa, onde o jantar pronto no almoço aguardava as moscas, o pai decorava um bolo. bolo muito mais e mais do que um bolo de aniversário, um campo de futebol onde o time adversário, o do menino, enfrentaria os donos da casa, o do pai. a vizinha entrou sem bater com dois quilos de açúcar de confeiteiro e um copo velho de vidro com suco de limão, a caixa térmica de concreto pintada de amarelo e em seu devido lugar, presa ao teto rosa do banheiro sobre o chuveiro dourado, acendeu a luz vermelha que indicava água quente, pronta para o banho.

na igreja das chagas sem Cristo, a porta com placa de mãe e o pai todo de branco, com roupa de doente, assistiram a uma missa. nas colunas da nave em mármore negro, no lugar da Via Sacra, relógios vermelhos do centro espírita com a cara do diabo. o pai estrebuchou como que possuído por alguns instantes, os relógios tremeram junto e a tia vestida de padre desceu do altar e deu a comunhão ao pai, que imediatamente tombou no chão sem forças. no banheiro do conjugado, o menino tomou seu primeiro banho sozinho, água quente, com um chapeuzinho de papel azul-claro na cabeça. mariposas coloridas – vermelhas, douradas, verdes, rosas, laranjas e marrons - pousaram sobre os azulejos brancos com figuras em azul do box. com um bico fino de decorar, sobre um bolo coberto de chantilly branco, o pai transformou uma pasta de glacê verde em graminhas, esculpidas uma a uma, enquanto 22 bonequinhos de jogadores perfilados na tábua que sustentava o estádio, forrada com papel laminado prata, aguardavam o momento de se posicionarem em campo.

no teto, o fundo da jangada começou a balançar mais que o habitual. as maçãs ao redor do frango e do porco fatiado enegreceram, mesmo escuro que passou a se ver da janela de vidro fechada da sala do conjugado, as moscas chegaram para a festa junto com a tia, todas com presentes para o menino, saquinhos estampados e fechados com laços de fita vermelhos, e se posicionaram ao redor do bolo. os bonequinhos de jogadores, 11 vestidos de branco feito o pai na igreja, 11 de violáceo quase roxo feito o céu com raios, ocuparam suas posições em campo. ouvi todos ao redor – a tia, as moscas e o pai – cantarem "Parabéns para você", mas não vi o menino.

um estrondo e a caixa térmica de concreto despencou do alto do banheiro na direção do menino. uma ambulância toda branca com graminhas verdes em glacê no teto entrou na igreja, enfermeiros deitaram o pai em uma maca, amarraram-no com cintos de papel laminado prata e o levaram para dentro do veículo. a sola do pé sujo em cima do fogão na cozinha levou uma lambida da tia, que o depositou em uma bandeja e o serviu para as moscas na sala, todas famintas. mais um "Parabéns para você", dessa vez na igreja, lotada de aviões teco-tecos cítricos, mas também não vi o menino.

a porta com placa de mãe, desesperada, gritou da igreja que a vela acesa no banheiro salvou o menino, que o fez parar não se sabe como do outro lado do box, encostado nos azulejos vermelhos e rodeado pelas mariposas coloridas, assustado e com o choro engolido por medo do pai. no chão cinza do banheiro, pedaços esmagados do bolo decorado misturados à água do banho, com glacê verde-graminha esfarelado e a massa aberta feito carne viva, deu para ver o recheio de guimbas de cigarro com bolinhos de arroz, feijão e farinha. massa doce e miolo de fel.

******

Palavras sem anestesia, que riem de dentro para fora e me sangram de fora para dentro, palavras de hemorragia. Palavras que são os meus fantasmas, me assombram demais e me afagam de menos, redemunharam tudo o que tenho em mim, tornaram meus olhos lassos e minha pele sem viço, de que serve ter uma casca dura se minhas entranhas são palavras em decomposição? Palavras, palavras, palavras, minha boca ficou torta! *Foi o seu grito de alerta, já que as palavras não eram suas e te comiam,* interrompeu Yolanda. São minhas agora, assim como são os gritos e risos presos a elas. Gritos e risos que dizem mais do que elas, mas é verdade que me devoram. *Então doe-as, devolva-as ao mundo, vomite como as outras, os gritos e risos irão junto.* As que ainda estão em mim, e que são maioria, ainda não sei dizê-las, só consigo senti-las.

******

num dia frio como um açoite, bananas, figos e peras decoravam uma vaca que eu não vi, mas que estava lá. as frutas em cima dela permitiam deduzir os movimentos do rabo, do dorso e o caminhar das patas no chão de terra batida da praça com um lago no meio e uma imagem de Nossa Senhora no meio do lago. em um canto do largo, perto da grade que o separa da calçada, foram erguidas barraquinhas de bambu, uma de pescaria – peixinhos de papel com números de prendas enterrados em uma caixa de areia, outra do jogo da preá, com várias casinhas feitas de caixas de sapato numeradas para que o bichinho indefeso pudesse se esconder do mundo, e mais uma de maçã do amor e de cocadas coloridas, branca, queimada, de maracujá, de groselha e de leite condensado. um monte de tijolos candidatos à casa em um outro canto da praça, o pai os empilhava sozinhos, todo suado e ofegante, na pretensão de formar paredes sem cimento, sem rejunte.

a porta com placa de mãe e o menino aguardavam em uma longa fila numa rua perto de casa, que começava no largo. o menino vestido de caipira, com chapéu de palha, calça jeans salpicada de cortes de tecido velho que encenavam remendos, camisa de botão quadriculada em diferentes tons de vermelho, e um bigodinho fino sobre a boca ainda imberbe, desenhado com lápis de sobrancelha preto. a rua da fila repleta de gente que não conheço começava no fundo e subia feito ladeira íngreme pelo mar até a jangada parada. foi por ela que desci. crianças invadiram a praça correndo, como que liberadas das aulas para o recreio, igualmente vestidas de caipiras, e formaram filas nas barraquinhas. dentro da vaca invisível, na altura da barriga, pedaços esmagados do bolo de aniversário do menino começavam a ser ruminados, desciam e subiam misturados à água suja das panelas e ao ácido do estômago. sobre o mar cor de feijão ralo subiram balões de São João – verde-claro, amarelo-ouro, branco com listras vermelhas, cinza com adornos dourados e rosa-choque, em direção ao céu violáceo e naquele momento mais calmo.

na pia de mármore branco da cozinha, sobre suportes de crochê azul-bebê, quatro copos de geleia estampavam cerejas, morangos e abacaxis pintados em tinta acrílica com pincel fino e coração grosso, arte zelosa da porta com placa de mãe. bem ao lado deles, um pote de vidro de maionese com o mesmo crochê dos copos, só que convertido em capa de tampa, guardava urucum para dar alguma cor a carnes de segunda e de terceira, mais baratas e esquálidas. sobre o fogão azul-celeste e com várias ilhas de ferrugem, no lugar do pé com a sola imunda que a tia serviu às moscas, uma língua cheia de inervações.

a jangada tremeu de repente, sacudida de um lado para o outro por ondas assustadas com a rua lotada, ondas que também tremeram a praça. uma parede inteira que o pai montara, tijolo por tijolo, com o tremor caiu em cima de um prato de cocadas mistas. a tia, em companhia de um açougueiro, levou a vaca que eu não vi até o ponto mais baixo da rua, e com energia lasciva, indiferente ao balanço e na frente de todos, a sacrificou com uma faca de cozinha. a mando dela, o açougueiro começou a cortar bifes de nada e a vender para que a fila andasse. o menino, na fila da pescaria, ouviu da mosca responsável pela barraca que ali não poderia jogar sem dinheiro, e ganhou dela um saquinho de presente estampado, azul com girassóis amarelos, e com laço de fita vermelha, igual aos que recebera de outras moscas em casa. dos olhos da imagem de Nossa Senhora, no meio do lago e no meio da praça, escorreram lágrimas de crochê azul. a mãe recebeu da tia dois enormes bifes de nada, não precisou pagar, colocou-os na bolsa e puxou o menino para o caminho de casa. a ambulância branca com graminhas de glacê no teto apareceu na praça para buscar de maca os tijolos caídos, a língua com inervações nadou no lago como peixe saltitante por entre as gotas azuis de crochê. enquanto as crianças se divertiam nas barraquinhas, o menino sentado em um tijolo esquecido pela ambulância abriu os saquinhos de presente que ganhou – na festa de aniversário e na barraquinha da pescaria, e cada um deles tinha uma pedra colorida, pedra de cuspe. na rua agora vazia, com as pessoas famintas já dispersas, sobrou apenas a carcaça invisível da vaca misturada a restos de bolo. de pé na cozinha e de frente para a pia, das lascas da porta com placa de mãe suaram as mesmas lágrimas de crochê de Nossa Senhora, caíram sobre os dois bifes de nada doados pela tia. sentadinho de frente para a mesa da sala, com chapeuzinho azul-escuro quase preto, aguardando o jantar que deveria ser de aniversário, o menino recebeu um copo de geleia decorado com várias frutinhas, bebeu das lágrimas de crochê da porta em goles pequenos.

******

De que adiantam as palavras se a vida está deserta em sentido? Não quero mais lembrar-me delas, o que podem fecundar se meu chão está infértil? *Você não vai semeá-las, e sim arrancá-las como se faz com raízes daninhas. Foi o que começou a fazer. Não seria por elas que o chão está estéril?*, retrucou Yolanda. O menino só queria aprender a tomar banho, todo orgulhoso e senhor de si, no dia do aniversário. *Você sabe quantas vezes o pai do menino foi internado?* Não sei, respondi. Algumas vezes, a primeira logo depois da aposentadoria compulsória, a segunda no dia do aniversário do menino, e tem uma terceira que não me recordo quando, também não sei por quanto tempo ficava internado. Aquela caixa térmica de concreto despencou porque o pai a instalou de qualquer jeito, tudo que ele fazia era assim, de qualquer jeito, a vizinha alertou para o risco. *Como você se sente quando conta esse fato?* Como se tivesse visitado uma casa que tem uma grande máquina de moer bem no meio da sala, máquina que moe alegrias. Você sabia que o menino tomou banho gelado por três semanas naquele frio todo? Yolanda nada comentou.

******

vem por aqui, disse-me uma voz. bem à frente dos meus olhos, da água cor de feijão ralo começaram a evaporar grãos de areia, areia inexplorada que não era da praia da qual saí, nem do fundo do mar que ainda não conhecia. a voz vinha desses grãos, uma voz forasteira, exterior a todo aquele mundo e, senti, a tentar me enganar o caminho. de que serviam grãos que não me pertenciam a me dar um mapa ou uma rota se a jangada não tinha destino? quem guiava a jangada era o mar, o vento ou ela própria, ou seja, era eu em meu mais repleto exercício do falso livre arbítrio e do direito humano ao mergulho. vem por aqui, insistiu. os grãos de areia formaram dois paredões sobre o mar que traçaram uma rota, e que parecia fácil, mas cuja brisa encanada, sedutora e quente não me enganou, não tinha mais o cheiro de sal, mas de ironia. não vou por aí, respondi, e segurei a vela para que não virasse naquela direção. a direção era minha, todas eram, mas nenhuma voz piedosa que não pertencia ao meu eu que não conheço tinha o direito de determinar, entre todos os caminhos meus, qual seria o meu caminho. ao final do paredão, bem ao longe, o que aparecia era terra à vista. só nele, em todas as outras direções a imensidão desconhecida desenhava o horizonte. vem por aqui, disse mais uma vez, oferecendo-me o retorno seguro, o fim da jornada, a prevenção dos monstros e das cenas futuras. jamais irei por aí, respondi, prefiro atolar-me em bancos de areia movediça do que voltar a seguir o que é fácil, desejo agora o longínquo e o inacessível. diante daquela insistência, percebi que o momento sequer era de seguir, mas de ancorar e de mergulhar mais fundo ali mesmo, de onde tinha acabado de voltar e de onde aqueles grãos queriam me tirar a todo custo, ao encontro de novos encontros. do mar entre os paredões, então, despontaram como peixes inesperados a saltar e a romper a superfície os aviões teco-tecos cítricos, os cinco - laranja, limão, piscina, mostarda e melancia. ganharam altitude e perfilados seguiram por aquele corredor até a praia. assim que perdi os teco-tecos de vista, os grãos desmontaram a farsa e se espalharam nas águas.

******

Não tinha como ser culpa do menino aquela caixa d´água no chão, não tinha como, não faz sentido! Dava para fazer outro bolo, era aniversário dele, ou comprar outro, ou mesmo acertar um pedaço com uma faca, decorar com o que tinha sobrado de glacê, colocar de novo na mesa, precisava aquilo tudo? *Você se sente culpado?* Eu não, ele, eu sinto a dor nele, eu vejo. Não quero continuar, chega, estou exausto, não vou mudar coisa alguma com isso. *Quer sim, você quer mergulhar mais, mergulhe.*

******

entrei n'água, mas não consegui mergulhar, ao contrário, ela que subiu rapidamente por mim e entrou pela boca e pelo nariz, gosto de sal, garganta arranhada, desespero demais, ar de menos, nenhuma força, nem para me debater. não desci, mas tampouco retornei à jangada, o estômago cheio de ondas doeu de forma aguda, o mar que me acolheu queria me matar e pela primeira vez trovões rudes tocaram seus sons bravos para os raios.

******

Vou morrer, Yolanda. Taquicardia, pressão alta, as paredes finas das artérias prestes a explodir em um derrame e a me inundar de sangue. Não vou aguentar. Pior que a morte seria a dependência, um coxo quase paralítico, com as mãos débeis e sem firmeza por onde até a vida escapa, a depender da misericórdia alheia para o mais básico e corriqueiro na sobrevivência. A boca começou a formigar novamente, minhas pálpebras mexem sozinhas, tremem, se debatem, me ajuda, Yolanda, implorei, me ajuda. *Mergulhe!*

******

em vez de resistir, de me debater contra o que me tomava à força, aceitei. engoli toda a água que desejou entrar, entreguei sem resistência boca, nariz, ouvidos e pulmões. inundei-me rapidamente já sem medo do ar que faltava. pesado e um tanto entorpecido, anestesiado pelo mar, afundei.

******

A culpa é sua por seu pai ter sido internado, você é uma criança muito problemática! A situação de saúde dele é culpa sua! (a tia para o menino, no dia seguinte à internação do pai em um hospital psiquiátrico, em 22 de abril de 1980). O fim do nosso casamento é culpa sua! Só culpa sua! Tudo culpa sua! (a ex-esposa, durante discussão sobre o divórcio em 17 de novembro de 2002). Não sei por que tive filho, criança dá muito trabalho, culpa sua que quis e culpa dele que nasceu, criança teimosa em viver acabou vindo ao mundo (o pai para a porta com placa de mãe, durante discussão na presença do menino, em 21 de junho de 1981). Por nossa culpa, as portas do céu são muito estreitas, e por isso a maioria das almas será condenada, e a condenação é culpa exclusiva de cada um de nós (padre da paróquia, em homília da missa em 23 de janeiro de 1984). Não tenho dinheiro para pescaria nem para cocada, sua tia está lá do outro lado de olho na gente, você quer me prejudicar? Quer me arrumar problema? Não insiste porque vai ser culpa sua se ela parar de ajudar a gente. (a porta com placa de mãe, durante uma festa junina da praça, em 24 de junho de 1983). A culpa pelos péssimos resultados de empresa este mês é de cada um de vocês, e reconhecer é o primeiro passo para que evitemos um outro resultado ruim que gere mais demissões. As demissões, importante lembrar, serão por culpa de vocês (chefe teco-teco piscina, durante reunião mensal de equipe, em 17 de setembro de 2017). Quem mandou tomar banho sozinho! Olha a merda que você fez! Estragou tudo! Agora, por tua culpa não vai ter festa! Quem vai tirar a água dessa casa? Quem vai limpar essa sujeira toda? (o pai, quando a caixa térmica desabou, em 21 de abril de 1980). Não tomar as rédeas da sua vida é culpa exclusiva sua, meu amigo, se continuar sendo influenciado por sua ex-mulher, vai pagar um preço muito alto, vai continuar sozinho e frustrado, e não por culpa dela, a culpa vai ser sua (amigo teco-teco limão, em conversa de bar em 19 de janeiro de 2018). Seu pai atirou o bolo no box porque ficou nervoso, a culpa é sua que ficou chorando depois que a caixa caiu, você não sabe que ele é assim? (porta com placa de mãe para o menino, quando a caixa térmica desabou, em 21 de abril de 1980). Por sua culpa, eu abri mão de uma bolsa de estudos no Reino Unido para me casar, para ter uma vida de merda com você, uma vida de discussão. Você é o culpado por eu não ter crescido na minha profissão (a ex-mulher, durante briga em 2 de março de 2003). Você não sabe que está faltando carne no mercado e a que tem está cara demais? Fica pedindo carne e deixa seu pai doente, quer se sentir culpado se ele for internado de novo ou se ele morrer? Come qualquer coisa, menino metido a rico, minhas enteadas não são assim como você (a tia, ao ver a porta com placa de mãe tentar dar sem sucesso ao menino arroz, feijão e farinha, em 22 de julho de 1986). Por minha culpa, minha máxima culpa (ato de contrição puxado pelo padre da paróquia durante a missa de sétimo dia do pai, em 10 de janeiro de 2002). Estudar para quê? Você precisa trabalhar para parar de dar despesa, a gente não aguenta mais, não se sente culpado de não ajudar a gente com as contas da casa? (o pai, após receber aviso da escola com pedido de mais material escolar, em 17 de agosto de 1985). Se separe logo, ou você vai querer carregar a culpa de ficar com ela pelo resto da sua vida? (amiga teco-teco melancia, durante um almoço em 03 de julho de 2000). Nesta vida, precisamos pagar pelas culpas de outras encarnações, esse é o ciclo da evolução. Tudo de mal que fazemos aqui, carregamos como culpa para pagarmos mais à frente (mentor do centro espírita, em sessão em que a porta com placa de mãe levou o menino, em 22 de fevereiro de 1980). Criança ingrata, bolo pronto, tudo certo, e ele estraga tudo com essa caixa térmica, abriu demais a torneira! Vocês agora vão tomar banho frio por culpa dele porque eu não tenho mais dinheiro para ajudar, preciso cuidar da minha família, a vida está muito cara, olha a carestia! (a tia para a porta com placa de mãe, durante conversa na presença do menino, logo após o incidente com a caixa térmica, em 21 de abril de 1980). Se as notas estão ruins a culpa é toda sua, que não estuda direito, vou chamar a porta com placa de mãe para conversar, você pode perder o ano (professora da quarta série primária, em conversa particular com o menino após a aula, em 24 de abril de 1984). As chagas de Jesus são por culpa de nossos pecados, todos nós temos culpa, mas a culpa maior é sempre a dos filhos ingratos, que não honram suas famílias e não são solidários com as dificuldades (a tia, em discurso do almoço de Páscoa para a família, em 7 de abril de 1985). Nunca mais perco meu tempo fazendo essa porra de bolo para você, seu ingrato, gastei o que eu não podia, essa merda de vida que eu vivo é culpa sua, a gente piorou muito nossa qualidade de vida desde que você nasceu (o pai para o menino, já na hora de dormir, em 21 de abril de 1980). Vai levar esse menino para festa junina com que dinheiro? Eu não ajudo com compras para vocês ficarem gastando com besteira, ele não tem consciência? Não sente nem um pingo de culpa de ficar enchendo sua paciência para ir à festa, para comer na rua? Eu estou lá trabalhando pela igreja, não dou uma cocada para ninguém! Põe juízo na cabeça desse garoto! (a tia para a porta com porta de mãe, na frente do menino, em 22 de junho de 1981).

Mais fundo!

Seu pai morreu por sua culpa, ele envelheceu muito de tanta preocupação e adoeceu (a tia, durante discussão em 30 de junho de 2004). Eu falei que vocês não tinham condições de ter um filho, agora ficam mendigando ajuda na família por culpa dele e por culpa de vocês (a tia para a porta com placa de mãe e para o pai, na frente do menino, em 9 de março de 1979). Quando é que vou deixar de pagar seu material escolar? Não se sente culpado por eu gastar minha pensão com você? Eu podia estar fazendo tanta coisa melhor com esse dinheirão (a tia para o menino, após um mês de atraso na compra do material escolar, em 4 de abril de 1983). Se seu pai estiver no inferno, a culpa é sua, você nunca soube lidar com ele (a tia, durante discussão em 8 de maio de 2004). Seu pai precisou ser internado porque ficou nervoso com você, culpa sua. E se ele não voltar mais? E se ele morrer? Como é que você vai fazer? (a tia para o menino, em 23 de abril de 1980). Se você pedir presente de aniversário, seu pai vai ficar bravo e vai brigar com todo mundo por sua culpa. (a tia para o menino, em 20 de abril de 1978). Se vocês estão se separando, alguma culpa você tem (a tia, sobre a ex-mulher, em 2 de maio de 2001). Olha, se seu pai for embora da sua casa por culpa dessa confusão toda, não conte comigo para ajudar em nada, vai ser tudo culpa sua (a tia para o menino, após ataque de fúria e sumiço do pai, em 3 de dezembro de 1981). Se vocês ainda não tiveram um filho, a culpa deve ser sua, né? Já fez exame para saber? Sua mulher é muito saudável (a tia, em 5 de maio de 2000). O pior cego é aquele que não quer ver, por sua culpa há meses seu pai não come a carne que eu compro com tanta dificuldade para essa casa, para que você possa comer, porque carne é um absurdo de caro, mas você não reconhece! (a tia para o menino, em 21 de agosto de 1986).

******

a noite imitou o dia e se azulejou com o violáceo quase roxo. mesmo céu, mesmo vento e mesmas ondas, apenas o mar fez questão de diferenciar as horas vestindo-se com um feijão preto mais encorpado, escuridão líquida e naquele momento piedosa, de onde se sentia um infinito sem presente e transbordante em passado. noite sem modorra, nem fria, nem quente, em que não precisei reclamar abrigo porque o relento me abraçou. enquanto sentado admirava o silêncio majestosamente simples de uma vastidão tão pessoal e tão desconhecida, tão minha e tão forasteira, percebi que algumas coisas da jangada se soltaram e ficaram para trás, coisas que de pronto não consegui identificar, formaram um rastro de objetos a boiarem no mar, a desenharem o caminho por onde passei. mexi na vela e reduzi a velocidade, quase parei na tentativa de entender melhor o que se desprendia, e se representava algum risco. só assim percebi que nada, na verdade, se descolou da jangada, eram pedaços de mim, peles, pelos, carnes, órgãos, vísceras, membros que não me serviam mais, pedaços ingênuos que não colavam mais no eu e que sobraram pelo caminho.

sentado à beira do lago do meio da praça, o pai com um cigarro pela metade aceso no canto direito da boca, sem camisa e com os pelos brancos do peito e a pele enrugada de periferia do pescoço à mostra, de short azul-royal com girassóis amarelos bem surrado, chinelos havaianas da mesma cor e com os mesmos girassóis, e os pés imundos – mistura de terra, areia, sujeira e suor, colava palitos de fósforo riscados para montar o casco de uma lancha de brinquedo, palitos usados para acender cigarros lacrimogêneos, guardados em uma caixa de bombons cor de cimento queimado. de pé e de frente para a mesa de jantar do conjugado, a porta com placa de mãe cortava restos de tecidos vermelhos em formato de pétalas para que com um ferro de bolear e uma vez juntas pudesse chamá-las de rosas. a mesa tinha a mesma madeira escura da porta, as cadeiras e o sofá também, até as paredes pareciam de madeira fechada, só a caixa do tubo da TV preto e branca em cima do rack se destacava com o mesmo vermelho das pétalas. a tia, na cozinha da casa dela, toda azul-royal, dos azulejos ao fogão quatro bocas com duas asas e quatro pés de plástico, da geladeira estreita de duas portas à mesa de fórmica quadrada com quatro bancos com estofados de couro sintético, do piso de cerâmica ao teto de chapisco, fritava quatro bifes à milanesa em uma frigideira vermelha como as pétalas e mexia com uma colher de pau uma panela craquelada azul repleta de cocada branca ainda mole. o menino, sentado numa quina gramada da praça, estudava matemática com um livro didático com a capa forrada de plástico transparente com bolinhas vermelhas. no centro espírita, o mesão de sessões vazio, também de madeira escura como a porta, tinha em seu centro a mesma Nossa Senhora do meio do lago, só que toda vermelha, e quatro cadeiras azuis, imundas como os pés do pai.

do mar, pouco depois de me dar conta dos pedaços de mim deixados pelo caminho, subitamente emergiram dezenas de chuveiros gigantes, parecidos com o do banheiro do menino, diferentes apenas nas cores e no tamanho, e sem caixas térmicas de concreto. canos prateados, dourados, em cor de bronze, amarelos, azuis, abóboras e rosas levantaram das águas com os chuveiros igualmente coloridos a uma altura aproximada de um prédio de três andares. nenhum da mesma cor do cano que o sustentava, os de canos dourados eram rosas, os de canos abóboras, bronzes, os de canos azuis, amarelos, uma infinidade de combinações que tomou conta de uma imensa área do espelho d'água com ondas leves, exatamente no momento em que o caldo escuro começou a se tornar feijão ralo de novo, feijão de amanhecer. cada chuveiro redondo tinha o diâmetro da sala do conjugado e a distância entre eles nunca era menor do que uns 50 metros.

o pai forrou o casco da lancha de brinquedo com o plástico transparente de bolinhas vermelhas arrancado do livro de matemática, para que pudesse navegar no lago sem molhar os fósforos riscados. por cima dos bifes à milanesa, ainda na gordura quente da frigideira, a tia salpicou pétalas de rosas vermelhas feitas de restos de tecido boleados, e palitos de fósforo riscados que sobraram do casco da lancha. na sala do conjugado, a porta com placa de mãe cortou páginas do miolo do livro de matemática em formato de pétalas, para que com um ferro de bolear e uma vez juntas, coladas com coágulos do sangue das chagas de Cristo, pudessem ser chamadas de dor. com a colher de pau, a tia tirou a cocada branca da panela, ainda mole, e a serviu nos dois chinelos havaianas do pai, e os colocou sobre a mesa de sessão do centro espírita. no meio do lago, no lugar de Nossa Senhora, a porta com placa de mãe, em tamanho gigante feito a imagem, chorou bifes à milanesa já fritos, e o lago transbordou de rosas com pétalas de livros de matemática. no cantinho gramado da praça não vi mais o menino, apenas um pedaço do livro em formato de bife dentro da frigideira vermelha, e outro na panela craquelada azul na qual fora preparada a cocada.

os chuveiros acordaram todos juntos. em vez de água, deles caíram números que formavam anos, chuveiros com gotas de tempo. no mais próximo de mim, cor de salmão com o cano quadriculado em diferentes tons de marrom, desceu uma chuva de 1975. notei que no mais perto dele choveu 1979, e em um outro um pouco mais distante, pingos de 1983.

também percebi que os de maior pressão, onde a chuva se vestia de tempestade, eram os de 1979, 1982, 1986 e 2002, os três últimos bem mais distantes que os demais, numa região em que para chegar até eles, só me molhando em outros anos.

o pai pôs o casco da lancha de brinquedo delicadamente sobre a água do lago repleto de rosas de livros de matemática, rosas de dor, só tinha o casco e um motorzinho desses de brinquedo conectados por dois fios fininhos azuis a duas pilhas vermelhas pequenas dentro, e que moviam uma pequena pá rotatória cor de cimento queimado na parte inferior do casco. na parte de cima, além das pilhas e do motorzinho, só o vazio, nem um compartimento ou desenho que aos olhos de fora identificasse aquele casco amontoado de fósforos com uma lancha decente. assim que ligou o motorzinho, o barquinho côncavo partiu em velocidade a estraçalhar as flores que encontrou pela frente, deixou um rastro de tiras de papel com números e equações para trás e bateu bem de frente na porta com placa de mãe gigante no meio do lago. a tia serviu havaianas azuis com cocadas brancas para crianças em uma barraquinha da praça. no centro espírita, uma travessa de bifes à milanesa no meio do mesão de sessões, ao lado da imagem de Nossa Senhora, cobertos por uma camada de pétalas de tecidos boleados, outra de fósforos queimados e, por cima delas, sangue coagulado vermelho-escuro das chagas de Cristo. espalhadas por todos os lados do mesão, flores com pétalas de livros de matemática. em nenhum lugar eu vi o menino.

os sons das gotas de tempo que desceram dos chuveiros, dos mais fortes aos mais fracos, das cachoeiras aos como fios d`água de pias de banheiro esquecidas abertas, de súbito deram lugar à música. não ouvia música desde o partir da jangada na praia, Suíte dos pescadores ressoou nas águas, fora cantada pelas ondas e pelo vento até a primeira dobra do horizonte, quando se calou para dar lugar aos sons de dentro. do chuveiro de 1975, o mais próximo de mim naquele momento, ouvi a voz aguda da professora do menino, primeira mulher com quem tivera mais contato depois da porta com placa de mãe e da tia, e que foi sua professora do jardim de infância à alfabetização. cantava uma antiga canção: *a canoa virou, foi deixar ela virar, foi por causa do menino que não soube remar, se eu fosse um peixinho e soubesse nadar, eu tirava o menino lá do fundo do mar.* tentei desviar daquele canto que não sabia a qual profundidade me levaria, mas a força de atração do chuveiro não deu qualquer chance para outro caminho, o mar ordenou que o primeiro banho da jangada fosse nele, e as ordens do mar não sorriam a desfeitas.

ao bater com toda a força de seu motorzinho na porta com placa de mãe, a frente da lancha se desfez, converteu-se em um amontoado amassado de palitos quebrados, pendurados apenas pelo resto de cola no plástico transparente com bolinhas vermelhas. com os olhos faiscados pela cena e liberto na loucura, o pai pulou no lago e nadou feito um monstro marinho enfurecido em direção à porta. no centro espírita, a imagem de Nossa Senhora tremeu, e a cara do diabo no meio do relógio dançou. no mesão de sessões, o sangue coagulado das chagas de Cristo que cobria a travessa de bifes à milanesa derreteu e começou a ferver. a tia, tomada por uma fúria contente, sentou-se na beira do lago da praça para comer com sua boca debochada cocadas brancas, moles e sujas, e para gozar ao ver o pai nadar. procurei, mas novamente não encontrei o menino em lugar algum.

no momento que as gotas de tempo banharam a jangada, calou-se a voz aguda da professora e o vento tocou violino, concerto Op.64 de Mendelssohn. os pingos enormes não me molharam, mas limparam meus olhos turvos e mostraram um berço antigo. ninho de madeira escura envernizada, com as grades laterais formadas por pinos parecidos com estacas e os quatro pés idênticos aos da mesa de jantar. na cabeceira e no lado oposto, encaixadas por cima desses pinos, duas placas de madeira com dois círculos em cada uma, talhados em relevo. no alto dessas placas, nas quatro quinas do berço, quatro grandes pontas de madeira, estalagmites-minaretes a vigiarem um leito convertido ora em cela, ora em abrigo. berço-preâmbulo de todos os afetos e testemunha esquecida das violências primeiras. sobre o estrado, um colchão bem fino forrado com um lençol de poliéster no mesmo tom azul-royal da cozinha da tia, e um pequeno travesseiro com fronha de linho branco e babadinhos vermelhos do tecido das pétalas boleadas. ao lado do berço, a porta com placa de mãe com um bebê no colo, coberto até a cabeça por um manto vermelho-sangue com delicados bordados de números e de equações matemáticas feitos com linha branca e pequenas bandeiras de vários países delicadamente costuradas. não vi a criança, sequer um pequeno detalhe dela, mas sei que era o menino. senti que chorava muito, apesar do som a me orientar ser o do violino. percebi, contudo, que gritava como se soubesse da condição de presa indefesa, com uma lucidez prematura sobre a incapacidade de fugir ou de se proteger, com medo por si e por quem o protegia. pequenino feito um embrulho de pão, irmão dele mesmo e com poucos meses de vida. não vi os braços da porta, mas sei que o segurava com a força que tinha, pois queria evitar a todo custo que os dejetos empedrados e viscosos que em instantes seriam direcionados a ela o atingissem.

em combustão de ódio num incêndio alucinado de sua prepotência, em pé dentro d'água e de frente para a porta no meio do lago do meio da praça, à vista atenta de tantas moscas carniceiras que não soube precisar, o pai foi pai mais uma vez e atirou enormes e pontudas pedras de cuspe naquela madeira escura de pé no lugar de Nossa Senhora. dezenas delas, algumas bem quentes pelo ácido pastoso em seus núcleos ainda não endurecidos. no centro espírita, a imagem da santa começou a tocar violino para que o som abafasse a praça, mas fora impedida pelo relógio com a cara do diabo no meio, que a derrubou com violência da mesa. com o ataque vil, mais lascas profundas foram abertas na madeira, e a porta sangrou em profusão o sangue das chagas de Cristo e inundou o lago, que mudou de cor. a tia, em êxtase provocado pelo odor da injustiça, encheu a panela craquelada azul com a água pesada pelo sofrimento e salpicou um pouco dela sobre as cocadas brancas moles e sujas em cima dos chinelos havaianas. as moscas pestilentas correram para a beira do lago com canudinhos de papel coloridos - laranja, limão, piscina, mostarda e melancia, para sugarem, se embriagarem do néctar sanguinolento e saciarem seus anjos caídos. a porta tanto sangrou que encolheu, definhada e com a alma em necrose, perdeu a maçaneta que caiu de tão podre. os cinco aviões teco-tecos cítricos, das cores dos canudos das moscas, sobrevoaram a região e jogaram pedaços de bolo de aniversário e de livros de matemática rasgados sobre o lago, o que formou várias ondinhas a baterem em suas bordas verde-musgo e turvas e as mancharem de vermelho. a língua repleta de inervações da cozinha saltitou várias vezes como peixe contente em cima do fogão. a tia, àquela altura em perfeita comunhão com o escuro, arregaçou o vestido azul com girassóis amarelos e entrou no lago com enormes patas sagitárias brancas para caminhar até o pai. esperou ao lado dele até que a última pedra fosse cuspida e lançada. aproximou-se, então, da madeira combalida, pegou a lancha quebrada, depositou nela um pouco da cocada mole e suja borrifada com aquela água de mágoa, e serviu de lanche para que o pai pudesse recompor suas forças. senti a presença do menino em diversos momentos, procurei em todos os lugares, mas ele não apareceu.

******

O barulho dos cuspes sempre foi a pior parte, som capaz de desdomesticar qualquer amontoado de letras, de torná-las selvagens, carnívoras e assassinas. Nenhuma verdade ou mentira deveria precisar da fúria que transforma o sentido das palavras em grunhidos que não pretendem dizer absolutamente nada, apenas ferir. Até as palavras de amor precisam do tom certo, as palavras endurecem a partir de determinados decibéis e o que era para acariciar machuca. Imagine, então, o que já fora cuspido com a intenção de bater e de fraturar? Quando podia, o menino ouvia música com fone para não guardar palavras altas. Mãozinhas sobre as orelhas e olhos fechados e franzidos também funcionaram algumas vezes contra ruídos coléricos, mas com o tempo tornou-se perigoso. Tanta coisa foi ouvida acima do tom, mas um eu te amo jamais chegou aos seus ouvidos, nem baixo demais, nem alto demais. O menino, contudo, sumiu. Parece que não quer aparecer para mim e não sei o motivo, e sem ele não tenho como falar sobre barulhos ou sobre qualquer outra coisa de sua história, e isso me faz falta. Preciso achá-lo em algum lugar. *Talvez ele tenha precisado sair apenas para pedir ao vento que tocasse violino para você durante o banho naquele chuveiro,* disse Yolanda.

******

na sala da creche, a professora que parou de cantar lotou o quadro de lousa branca com uma frase repetida dezenas de vezes, escrita com hidrocor vermelho-sangue e cheiro de álcool para a porta com placa de mãe que segurava o bebê-menino em seus braços ao lado do berço: *é bom não falar muito que piora*. de peito inflado para a porta, cultivador da aflição e senhor da tortura, com o corpo que gritava ser capaz de tudo, o pai, dessa vez, pareceu mais alto e mais forte, com jeito de homem novo, ave predatória com olhar de algoz. cuspiu muitas pedras e vomitou com força cinzas e pus amarelo na porta, e por mais que ela tenha tentado evitar, nem sei contar quantas delas caíram sobre a manta a machucarem o menino, nem a quantidade de pus e de cinza que converteu aquele invólucro materno com fios de lã em um pano de chão asqueroso. na creche, dessa vez a professora usou um hidrocor azul-royal com o mesmo cheiro de álcool para lotar a lousa branca com outra frase, para o bebê no colo: *é bom não chorar muito que piora*. a boca do pai gesticulou com ferocidade e contaminou todo o lugar com uma fumaça fedida, uma nuvem mais densa, cinza quase preta pairou sobre o berço. o sangue das chagas de Cristo escorreu da porta como água, e, no meio de tanto desespero, notei que começou a brotar também do lençol azul do berço. tudo vi, mas nada ouvi, o violino magistral não permitiu. a jangada, ansiosa e temorosa por mim, decidiu a certa altura passar acelerada por aquele chuveiro, queria o quanto antes livrar-me do peso das gotas. percebeu também que seria prudente desviar-se, pelo menos naquele momento, de outros banhos, soprou-me que excesso de tempo a cair em gotas sobre a pele e a provocar ventania de cisco na cabeça pode matar. assim que alcancei uma distância segura, não mais sujeito à atração aprisionante daquele chuveiro, o violino do vento cessou e voltei a ouvir o mar. ao longe, contudo, por entre aquelas gotas já pequeninas e bem embaçadas, avistei a professora na sala da creche, que acenou um gesto de adeus. ao lado dela, a lousa branca lotada com outra frase, escrita em hidrocor cor de cimento queimado, e dessa vez para mim: *é bom não voltar muito que piora.*

******

O colégio público do bairro não tinha vagas quando a porta com placa de mãe precisou. Depois de tentar vender flores artificiais para as vizinhas de prédio, sem sucesso, conseguiu um emprego de secretária de um médico da região para complementar aquele um terço de salário perdido na aposentadoria do pai, e deixar o menino em algum lugar por meio período ganhou ar de urgência. O pai não parava em casa, acordava e dormia nervoso, podia ser internado, não inspirava confiança, gastava demais, não precisava saber de nada. Fez as contas e concluiu que se pagasse a mensalidade do Jardim de Infância de uma escola particular pequena ali do bairro, no outro lado da praça, ainda sobraria parte do salário para o mercado, e matriculou o menino, que já deveria estar na escola. A tia descobriu, contou ao pai que a porta ficara rica, metida e independente, e que o menino seria mal-acostumado, cresceria com ar de burguês. As três enteadas da tia estudavam no mesmo colégio, mas em turno diferente. O pai e a tia apareceram na escola de supetão para encontrar a porta e o menino na saída do primeiro dia. *E você sabe o que aconteceu?* perguntou Yolanda. Ele não me contou, só consegui ouvir violino. Mas sei que o colégio era bicampeão estadual das olimpíadas de matemática e de geografia.

******

o menino apareceu na minha frente, em alguma profundidade desconhecida, pela primeira vez a me olhar nos olhos, em cima daquele sofá sujo da sala para ficar bem na minha altura. banho tomado, cabelo castanho ainda molhadinho e penteado por ele mesmo para o lado direito e todo grudado na testa, vestido com o uniforme da escola – short de malha verde-bandeira, camisa de malha branca com detalhes verdes do mesmo tom do short nas mangas curtas e na gola redonda. na altura do peito, o brasão do colégio – um enorme livro aberto envolto por um círculo verde. calçava tênis preto e meias pretas bem finas esticadas até as canelas que tinham algumas marcas arroxeadas. semblante sério, sobrancelhas franzidas, com o braço direito repleto das mesmas marcas das pernas e estendido até mim, com a mão bem fechada a esconder algo dentro, coisa importante que ao mesmo tempo me oferecia e me proibia. perguntei se era para mim e fez um sim sério e bem devagar com a cabeça, mas não me deu. perguntei em seguida se poderia abrir a mão para que visse o que tinha dentro e a resposta também veio com a cabeça: tão lento e sério quanto o sim, sinalizou o não. ficamos assim, de frente um para o outro por um tempo impreciso, com ele a me oferecer o que não podia ver, nem pegar, até que tocou o sinal da escola. pulou do sofá em desassossego, pegou com a mão esquerda a mochila jeans sobre a mesa de jantar, jogada ao lado dos restos do bolo de aniversário – mochila repleta de manchas de glacê verde e de chantilly branco, pegou também um pão francês dormido com patê de presunto, enrolado em dois guardanapos brancos e meio engordurados, deixado pela porta com placa de mãe, colocou o sanduíche em um compartimento externo da mochila, correu com ela nos ombros em direção à cozinha e sumiu, sem que em nenhum momento abrisse a mão que me ofereceu. explorei por instantes o conjugado vazio, senti presenças antigas misturadas a um cheiro fortíssimo de naftalina com defumador e cigarro. não havia ninguém, mas parecia lotado, as ausências ocupam muito espaço. a mobília também desapareceu, além do sofá apenas o rack antigo de compensando branco e encapado com plástico transparente de bolinhas vermelhas. em cima dele, a TV preto e branco com o fundo do tubo protegido por uma caixa de madeira amarela. ao lado, um porta-retratos dourado e vazio, apenas com um papel branco por dentro, mas de onde ouvi nitidamente suspiros esquálidos e vozes conhecidas, havia uma história naquele papel branco mais sólida do que as paredes daquela casa. senti, contudo, que não deveria permanecer ali, e subi.

******

O mar não te concede livre trânsito sobre tudo o que há nele, disse Yolanda. Mergulhar é um aprendizado, um aprender a olhar o que não está visível. Mas o que é uma mãozinha fechada nesse momento, perto de tanta água? Talvez seja a resposta para muita coisa aqui dentro, quem sabe a resposta do porquê eu navego. se um pequeno organismo deu origem a toda a vida conhecida na Terra, se o Universo inteiro pode ter surgido de um único e pequeno ponto, algo pequenino escondido por aqueles dedos pode ter resultado naquele oceano inteiro. *Ele estendeu a mão mostrando ou oferecendo algo ainda fechado a você, e isso quer dizer algo.* Quer dizer que algo, provavelmente muito importante, me é censurado por ele. Já passei por tanta censura na vida, censurado por amores, no trabalho, na faculdade, pelas amizades, na escola, pela família antes de deixá-la para trás, e, agora aqui também. *Concordo que algo esteja oculto, ainda que momentaneamente ou talvez de forma permanente, não temos como saber agora, só não acho que seja censura, nem que feita exatamente por ele.* Ainda não consigo abrir aquela porta aberta para poder entrar, me ajuda?

******

Choro. o berço de madeira escura desmoronou de uma só vez e virou pó de canela espalhada pelo chão do conjugado. teve uma enchente. vi uma procissão do Senhor Morto, quase tudo sem cor, só em preto e branco, exceto o pai e a tia, bem coloridos, a caminhar ao redor do lago da praça junto às moscas monocromáticas. na igreja das chagas sem Cristo o bolo de aniversário inteiro como que recém-decorado sobre o altar a ocupar quase todo o espaço, de tão grande. no meio do campo de graminhas verdes de glacê, em vez da vela de parabéns, um lindo ostensório dourado, soberbamente adornado com detalhes de ourivesaria e em seu centro transparente, no lugar da hóstia consagrada uma miniatura da porta com placa de mãe, lascada e manchada de sangue. Choro. a tia tocou o interfone e a escola inteira desmoronou de uma vez só, virou pó de urucum. senti cheiro de que realmente teve uma enchente. não era procissão do Senhor Morto, era procissão da porta morta, a porta com placa de mãe carregada por várias moscas, com uma enorme coroa de flores preto e branca em cima dela. a praça perdeu suas cores, até a imagem de Nossa Senhora no meio do lago tornou-se cinza, e a água enegreceu. na frente do cortejo, a tia com vestido azul-royal com girassóis bem amarelos, misturados a pétalas vermelhas vivas como sangue, o pai sem camisa com seus pelos azuis à mostra, com short da cor e o mesmo estampado do vestido da tia, chinelos em tom de melancia, braços e pernas repletos de purpurina prateada misturada aos pelos, e com um véu negro sobre o rosto. não foi possível ver seu riso, nem sentir o bafo de cigarro, mas dos poros daquele tecido que encobria a boca atiradora de cuspes subiu muita fumaça lacrimogênea. Choro. na igreja das chagas sem Cristo, a tia pegou com reverência o ostensório, posicionou-se de frente para o altar e de costas para a nave, ajoelhou-se, comeu a porta em comunhão e curvou a cabeça de olhos fechados em posição de oração. o menino desesperado tentou encostar na porta durante o cortejo em preto e branco, mas as moscas não deixaram. no centro espírita, a porta deitada sobre o mesão de sessões, inerte, com o relógio com a cara do diabo bem no meio. em barraquinhas na praça, moscas venderam bolinhos de arroz, feijão e farinha, uns salpicados com canela, outros com urucum. após a comunhão, a tia pegou um cálice e desceu até os fiéis, moscas e aviões teco-tecos cítricos formaram uma enorme fila para receberem a porta consagrada. entrou na igreja a ambulância com graminha verde no teto, e dela saíram os jogadores dos times de futebol do bolo, só que do tamanho de gente, para se juntarem à fila do sacramento. no teto todo pintado com cenas da Via Sacra, dezenas de caixas de concreto para esquentar água, todas roxas, penduradas e com luzes vermelhas acesas, água quente pronta para o banho. Choro. o pai amontoou num canto da praça tijolos sem rejunte em forma de túmulo para a porta com placa de mãe. fiquei na dúvida se realmente teve uma enchente, ou se ainda teria, pois comecei a ouvir som de trovoada. sobre a mesa de jantar da sala, um túmulo em preto e branco, mas sem nomes ou datas, só vi equações matemáticas. Choro. na cozinha de azulejos pretos e brancos distribuídos como em um tabuleiro de xadrez, piso branco, geladeira e fogão pretos, o menino vomitou pedaços de livros encapados com plástico transparente e bolinhas vermelhas. ouvi a professora da creche cantar novamente no mesmo tom agudo, dessa vez na procissão da porta morta: *vitória, tu reinarás! oh, cruz, tu nos salvarás! nós vamos à cidade e lá eu irei sofrer. serei crucificado, mas hei de reviver! vitória, tu reinarás! oh, cruz, tu nos salvarás!* a tia com um turíbulo e o pai com um defumador abriram o caminho na praça em direção ao túmulo de tijolos, do turíbulo saía uma fumaça marrom com um cheiro forte de canela, do defumador uma fumaça cor de urucum e cheiro de cigarro fedorento. a água da enchente finalmente chegou, invadiu a praça e o lago transbordou. na igreja, as caixas de concreto repletas de água quente despencaram e se estilhaçaram sobre as moscas e inundaram toda a nave e o altar. para não se afogar, a tia se abrigou em cima do bolo de aniversário. não vi mais o cortejo, apenas a praça completamente alagada com a porta a flutuar e o menino abrigado sobre ela. a água da enchente era da cor de feijão ralo.

******

Os cuspes na frente da escola figuram entre os mais dolorosos para o menino e para a porta com placa de mãe. Dor de morte. *Morria ali quem sepultava*, interrompeu Yolanda. Primeiro dia em que o menino se viu sem a porta, sem a cumplicidade e a densidade daquela madeira que o protegia para, ainda que por algumas horas, conviver com uma professora. E justo no momento tão especial do reencontro, o ataque covarde das bestas que aguardavam sorrateiras no portão, covardes a ponto de forçarem um escambo não desejado: ódio em troca de medo. Voltei a me angustiar com tudo o que vi, não fez bem, uma pressão no peito, uma sensação ruim. *A angústia é uma luz, ela é sincera, é preciso senti-la e não só lutar contra ela.* Mas é informação demais cercada de muito vazio, preciso de uma anestesia, qualquer uma que pela química anule ainda que temporariamente a angústia. *Nenhuma anestesia vai te livrar desse buraco, nada vai, mas você pode preenchê-lo um pouco justamente com as palavras*, disse Yolanda. Sinto que na cumplicidade, a partir do que aconteceu naquele episódio tão triste, porta e menino tornaram-se uma coisa só, sabe? *Há tempos eram uma coisa só, mas a partir de então, a enorme presença de um no outro tornou-se indisfarçável pela dor, pelo compartilhamento da ausência, ausência pela morte, morte pela palavra.* Mas morreu ali de fato quem sepultava, e eu ainda não consigo abrir a porta, não consigo entrar. Como era uma segunda-feira e o aniversário do menino fora no sábado, teve "Parabéns para você" naquele dia na escola, na hora do lanche.

******

a dor bebeu água fresca do filtro de barro sobre a pia de mármore rosa encostada no fogão cor de abóbora fosco da cozinha do conjugado. no fim de tarde, após o maior de todos os ataques, até a geladeira marrom virou as costas para não ter que encarar a família. a TV prateada desligou-se sozinha e se recusou a acender, a mesa de jantar vermelha decidiu dar uma volta e dormir fora, o sofá verde-musgo turvo e a cama de casal de madeira escura foram junto. o silêncio sempre se apresentou como prelúdio e posfácio da fúria, o silêncio nunca emanou paz e naquele momento em que tia, pai, menino e porta chegaram do colégio fez rachas nas paredes beges da sala, trincou o vidro da janela de alumínio e incidiu sobre cada canto gemidos subterrâneos e maldições veladas. no pote de maionese colocado no banheiro, a vela branca estava acesa, mas abafada pela tampa de crochê cor de urucum para que qualquer eventual súplica ficasse por ali mesmo, sem permissão para subir. sobre o fogão, um monte de panelas não areadas com água suja misturada a pedaços do pão com patê de presunto da merenda, mas sem sangue coagulado das chagas de Cristo, que decidiu não aparecer.

no céu violáceo, três pais e duas tias se divertiram. vestidos como na procissão da porta morta e montados nos cinco teco-tecos cítricos, deram rasantes sobre a jangada, lançaram pedras de cuspes e aspergiram cuspe ácido em estado líquido, ataque químico, bombardeio premeditado. algumas lascas se abriram nos paus do meio da jangada, parecidas com as lascas da porta, e o mar se agitou com as pedras que erraram o alvo e bateram nas águas. contei três desses rasantes sincronizados, os teco-tecos desciam, bombardeavam, subiam em direção aos raios e em questão de minutos voltavam reabastecidos para outro ataque.

no lugar da cama de casal, que ocupava a maior parte da sala, e que saiu para dormir fora, duas lápides de cimento queimado. embaixo delas, uma colcha de gotas de crochê azul-bebê fez as vezes de colchão sobre o chão de madeira escura feito a porta, só que muito mais envelhecida, madeira dos antepassados mofada pela água e pela umidade. espalhados sobre a colcha, vários livros de matemática encapados com plástico transparente e bolinhas vermelhas, pedaços do bolo de aniversário esmagados, bolinhos de arroz, feijão e farinha e alguns palitos de fósforo queimados que sobraram da lancha. nas lápides, nada escrito. pregadas nelas, mais de uma dezena de folhas de caderno com desenhos feitos a lápis preto pelo menino na escola, o mesmo em todas elas: o menino, uma casa do tamanho do menino com uma porta enorme que vai do chão ao telhado, uma árvore menor que os dois, um Sol bem no alto à esquerda, uma nuvem no centro, e a cara do diabo dentro de um relógio como se fosse a lua e com um cigarro na boca, à direita. no chão não traçado em linhas, um monte de bolinhos de arroz, feijão e farinha espalhados, com uma cruz e um girassol de mesmo tamanho cravados no meio deles.

diante do ataque inusitado, o mar compadecido decidiu celebrar a impaciência que purifica e incendeia as ervas daninhas, arrancou a tampa de crochê do vidro de maionese do banheiro para que a fumaça de súplica subisse, e com ela evocou a santa bruxaria para que o firmamento violáceo revogasse a generosidade do tempo e bloqueasse a infâmia. o céu atendeu e fez chover lágrimas doces apenas sobre as tias e os pais nos aviões teco-tecos cítricos, gotas que derreteram todos os cinco rostos e as cores dos cinco teco-tecos e os tornou estáticos em pleno ar, como pontos indecifráveis na paisagem. instantes depois, tudo se tornou estático como uma pintura. mar, céu, raios, vela da jangada, nem uma onda mais mexeu e o vento parou de soprar. para que as trevas de um lado não invadissem a luz do outro, foi rompido de súbito o entendimento sobre a natureza e desautorizado o navegar. apenas eu segui com meus movimentos anacrônicos ao redor de mim mesmo, em um mundo sem dinâmica que não mais permitiu o meu seguir.

no conjugado, nada restou, apenas as paredes que o sustentam e o chão de madeira da sala. tudo se desfocou, percebi que também não me lembrava mais do rosto do menino, nem de tudo o que acabara de narrar sobre ele. assim como as palavras, as histórias fugiram de mim.

******

Você quer falar sobre o que o pai e a tia fizeram com o menino e com a porta com placa de mãe na frente da escola? Algumas lembranças podem redesenhar os rostos que foram embora e dar nova dinâmica ao que ficou estático. Contar esse fato é falar sobre a voz da palavra ferina que o diabo esmerou. Ainda não consigo retratar as palavras exatas, estão presas, mas consigo descrever suas aparências e o que elas exalaram. Palavras tecidas e repartidas como maldição cotidiana, que ressoaram nos acervos mais profundos daquelas duas almas, principalmente a do menino. Não me lembro dos significados delas, mas consigo tatear suas anatomias. A morfologia das palavras das bestas tinha sílabas em notas graves em um tom horrendo e sem registro possível em outras bocas que não aqueles dois orifícios fétidos. Pressionaram o peito do menino, apertaram o coração, invadiram todas as caixas sonoras e de ar, torácicas e do rosto, e explodiram tudo. Na porta com placa de mãe, não sei ao certo o nível da desgraça que provocaram. As palavras horrendas

das bestas coreografaram seus corpos, ordenaram que gesticulassem absurdos cúmplices e complementares a seus significados cortantes. Mesmo depois das palavras caladas, a coreografia que as compunha ainda falou por um bom tempo, no caminho entre a porta da escola e a sala do conjugado, passando pela praça, às vezes apenas pelas caras fechadas. As caras fechadas também foram palavras ferinas naquele dia. E tudo o que foi dito e coreografado colou-se na pele do menino e na madeira da porta como brasões marcados a ferro quente, como marcas de nascença a indicarem um destino inexorável, a moldarem fracassos e frustrações. *Se estão marcadas a fogo na pele do menino, alcance-as.* Tenho vertigem. *Transforme a vertigem em revolução, o que você decidir enxergar será só seu. Não vejo outra forma de voltar a navegar.*

******

O maior desperdício que você pode ter é pagar colégio bom para esse menino! Mas como você agora é rica, posso parar de ajudar com as compras, graças a Deus. Se faltar comida, pede para seu filho ou para os amiguinhos de turma dele. (a tia para a porta com placa de mãe, na frente da escola e do menino, em 9 de março de 1979). Ah, você consegue emprego rápido, põe uma foto só de sunga no seu currículo que rapidinho aparece uma oportunidade, meritocracia, meu amigo, hahaha! (amiga teco-teco melancia, em 3 de fevereiro de 2001). Essa redação está uma porcaria, não vale o esforço que sua mãe faz para pagar a mensalidade (professora primária, em 4 de maio de 1984). Em vez de perder tempo para tentar passar para uma faculdade, por que você não aprende essas tarefas de pedreiro para ajudar com mais algum dinheiro em casa? Esse seu trabalho de assistente de escritório não é suficiente, é só meio turno, deixa de ser deslumbrado, estudar não é para você! (a tia, durante almoço de família em 17 de outubro de 1994). Passar para o mestrado? Isso não é para você! Acorda para a sua realidade (ex-mulher, em 20 de setembro de 2005). Não sei quem é mais filha da puta, se você ou se esse moleque fresco que fica colocando na sua cabeça esse negócio de escola cara, a gente podia estar em outra situação agora (o pai para a porta com placa de mãe, na frente da escola, em 9 de março de 1979). Você não tem condições de terminar o mestrado e de fazer bem o seu trabalho, é melhor escolher, acho que isso tudo foi longe demais, qual a utilidade desse mestrado para você? Nenhuma. Pense bem no que vai fazer, dê prioridades para sua vida (chefe teco-teco piscina, em reunião no dia 29 de junho de 2007). O que você está fazendo aqui se seus pais não têm condição de pagar essa escola? Isso aqui não é para você (coleguinha de sala e vizinho de prédio, na frente de toda a turma durante o recreio, em 12 de abril de 1983). Isso, faça a prova de seleção do doutorado como treino, para ver como é. Só não se decepcione, meu amigo, é muito difícil entrar, mas você tem a vida pela frente! E o mestrado está bom demais, não é mesmo? (amigo teco-teco limão, em 7 de julho de 2011). Poesia? Poesia é coisa de viado, é isso que você aprende nessa escola cara? É para isso que o dinheiro vai todo para o ralo? (o pai, em reação a uma poesia lida para ele pelo menino, em 17 de junho de 1982). Você passou para o doutorado? Ah, meu amigo, deixa de ser brincalhão, hoje nem é o Dia da Mentira, fala a verdade, vai (amiga teco-teco melancia, pelo telefone celular, em 4 de março de 2012). Quanta coisa a gente podia estar fazendo com esse dinheiro que você gasta com mensalidade, com lanche e com material escolar, para nada! Se não tem vaga na escola pública, ele espera, porra! Qual é a pressa? (o pai para a porta com placa de mãe, em 2 de fevereiro de 1983). Esse menino não tem condições de conviver com os alunos dessa escola, ele não é do mesmo nível, e você só vai trazer problemas para ele (a tia para a porta com placa de mãe, na frente da escola e do menino, em 9 de março de 1979). Vou dizer para todo mundo aí dentro dessa escola que você é uma louca e que esse moleque não volta mais, porque você não tem como pagar essa mensalidade, sua puta irresponsável, vagabunda! (o pai para a porta com placa de mãe, na frente da escola e do menino, em 9 de março de 1979). Quem é que vai pagar merenda, material escolar, uniforme novo, passeio com a turma, aquelas despesas extras que todo semestre infernizam? Eu é que não vou, ele vai passar vergonha como nunca, porque não vai ter condições de acompanhar, vai ser um vexame, toma vergonha nessa cara! (a tia para a porta com placa de mãe, na frente da escola e do menino, em 9 de março de 1979). Gastar tanto dinheiro para essa porra ser pedreiro daqui a pouco? Porque assim que ficar um pouco maior, eu vou tirar da escola e vou levar para fazer biscate comigo, nem adianta você reclamar, vou precisar de ajuda (o pai para a porta com placa de mãe, na frente da escola e do menino, em 9 de março de 1979). O que esse menino precisa de uma escola é aprender a assinar a carteira de trabalho, e isso você consegue em qualquer lugar, até em casa, mesmo ele sendo meio burrinho (a tia para a porta com placa de mãe, na frente da escola e do menino, em 9 de março de 1979). Você vai dar o rabo na praça para pagar isso? Porque se eu souber que tu tá com homem para pagar colégio, eu mato você e esse filho da puta desse menino, sua piranha! (o pai para a porta com placa de mãe, na frente da escola e do menino, em 9 de março de 1979). Aqui, pessoal, essa vagabunda fez tudo errado, esse garoto não tem condições de estudar nessa escola, a gente vai tirar ele daqui! (o pai aos gritos para todos, na frente da escola e do menino, em 9 de março de 1979). Ele já está atrasado mesmo, pode ficar em casa até abrir vaga em um lugar qualquer, essa porra só dá despesa desde que nasceu (o pai para a porta com placa de mãe, na frente da escola e do menino, em 9 de março de 1979). Quem é a professora? Já comi quase todas daí, vou falar com ela e vou dizer que acabou essa palhaçada (o pai para a porta com placa de mãe, na frente da escola e do menino, em 9 de março de 1979). Mulher que trabalha é vagabunda, eu te deixei trabalhar? Eu te autorizei? Você fez tudo escondido, você não presta. Não sei por que não te dou uma surra aqui mesmo, e nesse moleque, na frente de todo mundo para vocês aprenderem (o pai para a porta com placa de mãe, na frente da escola e do menino, em 9 de março de 1979). Quem vai levar esse estorvo na escola todo santo dia? Quem vai preparar merenda para essa merda? Eu não vou! (o pai para a porta com placa de mãe, na frente da escola e do menino, em 9 de março de 1979). Se não estão satisfeitos com o que eu ganho, é simples, arrumem as coisas de vocês assim que chegarem em casa, e se mandem, sumam da minha vida! Vai ser um alívio! (o pai para a porta com placa de mãe, na frente da escola e do menino, em 9 de março de 1979). Você e esse menino não valem um cigarro que eu fumo (o pai para a porta com placa de mãe, na frente da escola e do menino, em 9 de março de 1979).

******

Frases indesculpavelmente imundas, mas nem tão sujas perto de uma, uma frase só, apenas uma de tantas cuspidas naquela saída maldita da escola supera todas em enxovalhos. Uma frase que não posso ver, tocar, nem guardar em um relicário longe dos olhos, sua morada até hoje é aquele corpo infantil, a mágoa é quem a contém. Uma frase cujas palavras e sentidos foram lembrados e vividos todos os dias, mesmo quando distraidamente. Ainda que por muito tempo trancada, proibida de ser lembrada em sua concretude, jamais deixou de estar presente no sentido e na finalidade de sua maldade, sempre tocou e conduziu por caminhos inesperadamente destruidores. Frase que é um útero com um lado de espinhos e outro de lixas, e com lama dentro e com o menino e todo mundo misturado ali, naquela inquietação de feiura, de destruição de um ser, de desumanidade. Uma frase que acertou em cheio o alvo que decidiu machucar, e que se fez dona e destruidora do seu caminho a partir de então. Não sei se devo trazê-la à superfície, pode ser perigoso tirar do fundo coisa dessa envergadura, temo que ganhe vida ainda mais nociva se despertada, o menino pode sofrer ainda mais, pode até não resistir. Yolanda nada comentou.

******

não vi mar, nem jangada ou céu. um cenário estático, agora feito de nada, desfocado como os rostos, vazio como o conjugado. a ausência total de cor indicou-me que não haveria mais viagem nem paisagem se insistisse em permanecer ali sem trazer algo do fundo com o qual fora presenteado, o mar não aceitava desfeitas.

******

A crise de ansiedade voltou com violência ainda maior, meu corpo está em rebelião e ameaça se destruir, me ajuda. *Seu corpo, na verdade, pede que faça algo e você sabe o que é.*

******

Esse menino nunca vai ser alguém (o pai para a porta com placa de mãe, na entrada da escola e de frente para o menino e para a tia, em 9 de março de 1979).

******

venenos amargos adoçavam a boca murcha da tia, sentada em um banco da mesa da cozinha toda verde do conjugado. há uma doença cruel e fatal chamada tia. ondas altivas, de cristas pesadas e carregadas de vários tons de feijão tomaram de assalto o lugar do mar de uma cor só. a cadência inusitada do vento, sopro que ia e vinha com certa força, assustou a jangada e vi a água arrepiada pelo vento. no berço de madeira escura, de frente para o bebê deitado sobre o lençol azul, um joão-teimoso com cara de palhaço, longos cabelos feito palha de aço cor de abóbora como os favos de baunilha, mas sem cheiro, e uma enorme boca sorridente vermelho-sangue de um extremo a outro. balançava. a porta com placa de mãe, envernizada para disfarçar as lascas e manchas, apareceu na praça feliz com um rodo vedador da parte inferior, nem baratas nem luzes podiam mais cruzar de um lado a outro. na sala, o pai e o menino jogavam uma partida de botão, com um campo de futebol feito de tábua velha sobre a mesa de jantar e dois times de madrepérolas, um branco com um círculo verde e um livro no meio do círculo, como o uniforme da escola, o time do menino, e o outro azul com girassóis amarelos, presente da tia, o time do pai.

na igreja das chagas sem Cristo, seis colunas cobertas por insondáveis espelhos sem reflexo, e de frente para eles, seis meninos iguais, com chapeuzinhos azuis e as mariposas coloridas - vermelhas, douradas, verdes, rosas, laranjas e marrons grudadas nas costas de suas camisas de malha cor de cimento queimado. em cima do altar, o joão-teimoso com cara de palhaço e sua enorme boca. balançava. na beira do lago no meio da praça com Nossa Senhora no meio, ovos de moscas eclodiram chocados pelo calor da cocada branca mole em decomposição espalhada por todos os cantos sobre havaianas azuis sujas. a rega de água suja e de ácido do aspersório da tia gerou uma infinidade de seres nas graminhas da praça, no teto da ambulância e no bolo de aniversário esfarelado, insetos de todos os tipos a beberem da água do lago. os venenos amargos que adoçavam e escorriam da boca cavernosa e de voz rouca da tia, de tão abundantes, desceram também do meio de suas pernas como um xarope licoroso cor de cacau e mancharam todo o piso de cerâmica amarelo-ovo da cozinha do conjugado.

******

Desesperada, cansada, propensa a seguir todo conselho capaz de aprumar a vida, diminuir o medo e a tensão insuportáveis, e desmontar aquela montanha-russa instalada dentro de casa, a porta com placa de mãe viu em uma sessão do centro espírita do bairro, recomendação de uma vizinha médium, esperança para acalmar o pai. Só podia ser obsessão, pensou em quase todas as vezes em que foi vítima daqueles ataques furiosos. Ao contrário da tia, doutrinada no radicalismo hipócrita e centenário, a porta com placa de mãe tinha uma fé elástica e intuitivamente sincretizada e sem qualquer compromisso com lógicas e coerências dogmáticas - devota do Sagrado Coração de Jesus e das Santas Chagas, simpatizante de Iemanjá e com fé em Buda, e que guardava em segredo. Levou o menino para que uma oração também o protegesse. Três horas e meia entre palestra, passes, rezas e atendimento particular feito pelo marido da vizinha, uma hora de atraso para preparar o jantar.

******

a mesa da sala, confusa com a cena, testemunhou o pai servir três pratos com bolinhos de arroz, feijão e farinha repletos de carunchos agitados, e três copos com frutinhas pintadas - abacaxi, morango e melancia, com água suja das panelas misturada a gotas de crochê azul de Nossa Senhora. o reflexo da tia apareceu em todos os espelhos insondáveis das colunas da igreja das chagas sem Cristo, que continuaram a não refletir o menino, e o rosto do joão-teimoso no altar tornou-se o relógio do centro espírita com o diabo no meio. balançava. no banheiro, da vela acesa com cheiro de alfazema escorreu sangue meio líquido, meio coagulado das chagas. uma nuvem densa de fumaça de cigarro encobriu o berço, que desapareceu no conjugado junto com o menino-bebê. aviões teco-tecos cítricos, os cinco, sobrevoaram a vela em companhia de cinco moscas na tentativa de com o vento das hélices e das asas dos insetos apagar sua chama.

******

No pequeno armário de fórmica da cozinha, apareceram discretamente dois pratos novos de cerâmica branca, dois copos de vidro transparente e um espremedor de batatas. Na única porta do conjugado para o corredor do prédio, foi instalado um trinco para reforçar a segurança, a casa de um vizinho havia sido arrombada há duas semanas. Tudo com o pouco que sobrou do salário da porta com placa de mãe. A tia tinha as chaves do conjugado e, sempre invasiva, durante a inspeção viu as novidades primeiro e fez questão de contar para o pai assim que ele chegou, ameaçou parar de ajudar com compras eventuais no supermercado e, principalmente, com dinheiro para os três maços e meio de cigarro diários. O pai e a tia eram seiva da mesma seiva, pus do mesmo pus. Yolanda nada comentou.

******

a imagem de Nossa Senhora no meio do lago do meio da praça, vestida com um enorme jaleco branco e de máscara no rosto, apontou um lugar para além da igreja das chagas sem Cristo, um enorme terreno atrás do templo, onde encontrei uma plantação de dentes de leite. um cultivo de incisivos, desses grandes que nascem bem no meio do sorriso e, bem no meio do terreno cravado entre os dentes, um escorrega gigante. do tamanho de um prédio de cinco andares, tinha uma escada dourada reluzente forrada com luzes pisca-pisca coloridas de Natal, e uma rampa vermelha que de tão lustrosa refletia como espelho. exalava cheiro de framboesa. os dentes da plantação eram irrigados por artérias azuis que brotavam do chão como raízes e por fios de nervos amarelados entrelaçados a elas, ambos faziam caminhos aleatórios pelos esmaltes até o topo. pulsavam. sobre o chão entre os dentes, um tapete de folhas de erva-cidreira secas e amareladas, prontas para o chá. na margem da plantação oposta à igreja, fronteira com o outro lado que não soube definir, amendoeiras frondosas de copas estáticas, nas quais folhas rosas e negras não balançavam, indiferentes à dinâmica e a qualquer sopro de vida. assim que cheguei, vi o menino com seu chapeuzinho azul, uniforme da escola e as mariposas coloridas grudadas nas costas começar a subir com empolgação os enormes degraus do escorrega.

******

Não sei mais o que é verdade e o que é invenção na história desse menino, mas não porque minto, invenção para amenizar o que sinto ao vê-lo, preencher lacunas escuras entre um passo e outro, entre um choro e o sono. *Toda cura é um processo de criação*, disse Yolanda. Sinto que a água refez e refaz os meus desenhos. As ondas desse mar me parecem mais certas e verdadeiras do que a vida em terra. *Então elas são.*

******

Choro. no conjugado, sobre o fogão dourado rodeado de luzes pisca-pisca coloridas de Natal, unhas cresceram aceleradas nos dedos de um pé sujo que dormia. a tia pegou uma sacola de supermercado, encheu de pedras de cuspes feitas com o veneno que escorreu da boca e do meio das pernas e partiu em direção à praça. no escorrega da plantação de dentes de leite, enquanto o menino subia a escada reluzente, espinhos negros venenosos e pontiagudos brotaram da rampa vermelha lustrosa. Choro. o time de botão de madrepérola do pai começou a exalar fumaça lacrimogênea com cheiro de cigarro que tomou conta da sala do conjugado, sufocou e irritou os olhos do menino, que perdeu o pai de vista, que também saiu em direção à praça. do lençol azul do berço manchado de sangue das chagas e onde o bebê-menino dormia brotaram os mesmos espinhos da rampa lustrosa do escorrega, e que começaram a rasgar sua pele fina das costas em meio ao nevoeiro de fumaça lacrimogênea. os carunchos comeram os bolinhos de arroz, feijão e farinha dos três pratos que o pai servira sobre a mesa de jantar ainda incrédula com a cena. o joão-teimoso com cara de palhaço, do tamanho de uma lamparina, aceso por dentro por um fio de luz amarela incandescente, iluminou o banheiro com cheiro de alfazema no lugar da vela. balançava.

******

Assim que soube que o menino frequentou uma sessão do centro espírita, a tia o arrastou por 15 dias consecutivos para a missa das oito, seguida de aspersão de água benta pelo padre na sacristia e por orações de exorcismo mais enfáticas que o normal. Passava no conjugado às 7h30m em ponto para pegá-lo. Disse ao menino que crianças da idade dele eram facilmente envolvidas pelo diabo e que precisavam de purificação. Mesmo assim, o céu já não estaria garantido de forma direta, sem um tempo indeterminado no purgatório, isso se nenhum outro pecado do gênero acontecesse durante todo o resto de sua vida e o jogasse de uma vez por todas no inferno. A porta com placa de mãe, revelou ao sobrinho pelo menos umas 30 vezes nas idas e vindas à igreja, já estaria condenada, o fogo eterno seria apenas questão de tempo. Merecedora do Céu era a tia que fazia cocadas para vender nas quermesses e festas juninas da igreja. Sensação de vida sempre por um fio a do menino daquele momento em diante, com a paz interna despenteada pelo falso Maktub e à espera da condenação eterna que o padre chamava de morte na morte; sensação de aluno em recuperação, no fio da navalha, ainda no primeiro mês de aula e com a sombra constante e insuportável da repetência, adornada pelo julgamento impiedoso de coleguinhas e professores. assim o menino cresceu, com o tempo do mundo contra ele.

******

Choro. na praça, a tia e o pai atiraram juntos uma quantidade tão grande de pedras contra a porta com placa de mãe, arremessos num ritmo de pulsação, que todo o verniz recente se esfarelou no chão e se misturou à terra farinhenta. ao mesmo tempo, moscas com a ajuda dos cinco aviões teco-tecos cítricos arrancaram sem piedade o rodo protetor da parte inferior, para que baratas voltassem a transitar de um lado para o outro. no escorrega da plantação de dentes, o menino sentou-se no ponto mais alto, pronto para descer. tentei gritar, avisar que não o fizesse, mas as raízes e os fios de nervos entrelaçados tocaram violino, "O Fortuna", de Carl Orff, para abafar minha voz, desejavam e precisavam da próxima cena. Choro. vi o bebê menino transpassado pelos espinhos que nasceram do berço, os mesmos do escorrega. gritava de dor e mais ainda de medo, com guimbas de cigarro sobre a barriguinha desnuda enquanto o joão-teimoso balançava e sorria. do pé sujo com unhas crescidas em cima do fogão na cozinha do conjugado começou a escorrer por entre os dedos o mesmo pus amarelado de gozo da tia após lançar pedras contra a porta. na igreja das chagas sem Cristo, os reflexos da tia nos seis espelhos que mais nada refletiam aspergiram cuspe ácido e veneno nos seis meninos de frente para eles, cujos rostos imediatamente se desfiguraram, e de onde brotaram os mesmos espinhos do berço e do escorrega.

******

No meio de uma praça, que não era a perto de casa, uma bomba de gás lacrimogêneo lançada por um policial contra a multidão em protesto lambeu os cabelos do menino e seguiu seu caminho até estourar sobre o asfalto dois metros adiante. Estava sentado sobre os ombros do pai no momento daquele encontro de raspão, ombro que em vez de porto seguro na confusão, o converteu em alvo óbvio. O pavor tomou conta de tal forma que seus pequenos lábios roxearam, e o choro contido por medo de represálias rendeu-lhe soluços dolorosos e espasmos no abdômen. Depois de aposentado, o pai passou a assistir confrontos entre PMs e manifestantes como quem ia ao futebol, claro que a torcer para os agressores de farda. Dessa vez, levou o filho como represália, eram férias escolares e a porta com placa de mãe não tinha com quem deixá-lo para trabalhar. Desde então, ela começou a ensinar o menino a ficar em casa sozinho.

******

minha voz sufocada pelos violinos não teve força para fazer chegar o alerta ao menino, aquieta-te! gritaram os dentes, que viam nas pontas finas dos espinhos negros um luxo necessário de carícias. tu não compreendes que por essa rampa lustrosa coalhada de dores, prestes a receber peles e pedaços de vísceras escorrerá o adubo que nos alimenta?, questionaram. o menino, então, sentou-se na fronteira entre o plano e a descida, feliz como todos os ignorantes sobre o futuro, e sem olhar para baixo, escorregou com vontade pela rampa-espelho para segundos depois enganchar-se com violência em um dos espinhos. transpassou sua coxa direita de um lado a outro, prendendo-o por instantes com a duração do inferno, até que por efeito de gravidade e de uma fúria alargada a carne rasgou para que continuasse a descer por mais alguns segundos, capotasse e fosse enganchado por outro espinho, dessa vez no braço, também dilacerado. e mais uma vez, e outra vez, e outra vez, um sem-fim de enganchos e de rasgos, de gritos e de dores caladas, de olhares mortos e de bocas sem saliva, até que o escorrega, desequilibrado com as capotagens pesadas de um pequeno corpo desgovernado, tombou para a esquerda, em cima da plantação, com o menino-corpo lançado ao chão de cidreira. os dentes de leite ao redor encorparam e aumentaram de tamanho quase que instantaneamente. a porta com placa de mãe também tombou na praça, lacerada pelas pedras de cuspe e com furos covardes na parte de baixo, provocados pela retirada à força do rodo vedador.

******

No dia seguinte às bombas, para mostrar que sabia bater e assoprar, gritar e sorrir, enquanto a porta com placa de mãe trabalhava no consultório, o pai levou o menino a um parquinho no bairro vizinho, lugar onde o pequeno adorava brincar, mas nem sabia há quanto tempo não pisava. Levou e deu as costas para fumar, beber um caldo de cana, admirar as mulheres que passavam de um lado para o outro e cantá-las com assobios vulgares, comentários baratos e perguntas mortas. A frase "um pai de costas para um menino de 4 anos em um parquinho" deveria integrar em letras garrafais o verbete da palavra derrelição, configurar como crime inafiançável de abandono de menor indefeso. Não se corrige uma virada de costas para um menino. Pois foram precisos apenas seis minutos de negligência torpe para quase quatro anos de traumas marcados a fogo na pele de uma criança, que se estenderam em dores de uma vida inteira, e para que em seu túmulo algum dia possa ser escrito "causa mortis: acúmulo de mágoas". Yolanda, apesar das pálpebras apertadas, do reservatório de dejetos que ainda reside no meu peito e no do menino, da fetidez entranhada nas narinas e da revolta fundida na carne, acho que dessa vez consigo arrancar raízes daninhas sem perder o ar, sem antecipar a dilatação das pupilas foscas, acho que consigo tatear o absurdo e sentir sua aspereza. Yolanda nada comentou.

******

A culpa é sua, seu estabanado filho da puta! Perdeu os dois dentes da frente porque é burro! Quem mandou subir naquela merda? Agora engole essa porra desse choro para não beber mais sangue, caralho! (o pai para o menino no parquinho, em 17 de janeiro de 1979). Se vocês têm dinheiro para pratos novos, que tenham para comida também, e agora para o dentista, porque esse menino só dá trabalho, só dá dor de cabeça! Vai ficar sem os dentes da frente até os 7, 8 quero nem saber. (a tia, para o pai e a porta com placa de mãe, em 17 de janeiro de 1979). Não chama ele não! É banguela, que nojo! (coleguinha de colégio no recreio,

3 de março de 1982). Eu tinha que saber que uma pessoa como você, que nunca abre um sorrisão, nunca mostra os dentes, só sorri de boca fechada, não merece confiança, que arrependimento ter te conhecido (ex-mulher teco-teco mostarda, em 2 de junho de 2004). Pior que esse menino sem dente, é essa porta comprar tranca, comprar copo e comprar prato sabendo que você nem dinheiro para o cigarro tem, que gasta seu pouco dinheiro tentando pôr comida na mesa (a tia, para o pai, na frente do menino e da porta com placa de mãe, em 17 de janeiro de 1979). Quando nascerem, virão tortos, se esse menino já é feio, tadinho, vai ficar pior (a tia para a porta com placa de mãe, ao lado do menino, em 23 de fevereiro de 1983). Deixa de ser sério, menino! Sorria para a foto, parece que não gosta de nada, deixa de ser mal-educado (a mãe de um vizinho, durante a festa de aniversário do garoto, em 02 de junho de 1983). Você precisa ser mais simpático com seus colegas de trabalho, abra um sorriso de vez em quando, deixe de ser tão sério, bons profissionais também suam seus sorrisos como ferramentas de trabalho (chefe teco-teco piscina, em 12 de fevereiro de 2017). Tá vendo? Foi comigo na manifestação e você deu chilique, mas nada aconteceu, ele chegou tremendo em casa porque é frouxo, mas foi só levar no parquinho para fazer merda, a culpa é sua. Esse moleque lerdo deve ser só seu filho, meu que não é, filho meu não é assim (o pai para a mãe, na presença do menino, em 18 de janeiro de 1979). Você na foto não! Vai que abre essa boca e estraga o meu álbum

de aniversário (colega da escola, aniversariante, para o menino pouco antes do bolo de parabéns na escola, em 13 de abril de 1981). Você está banguela porque é burro, e porque essa porta aí é egoísta, e fica comprando futilidades para a casa. Poderia ter te levado ao dentista com o dinheiro que desperdiça com essas bobagens e com a mensalidade da sua escola (o pai, para o menino, em 23 de janeiro de 1979). Não sei se tem jeito, acho que você vai ficar assim sem dentes para o resto da vida, dente permanente não nasce do nada, tem que ter os de leite por cima (uma vizinha de prédio, para o menino, em 24 de agosto de 1983). Teria sido bem simples consertar seu sorriso naquela época, com assistência odontológica você jamais teria ficado banguelinha por tanto tempo (primeiro dentista, em consulta de avaliação, em 12 de maio de 1994).

******

Consigo e devo ir além. Yolanda nada comentou.

******

Perdeu os dentes por maldição do diabo, quem mandou ir ao centro espírita com a porta com placa de mãe? Você está amaldiçoado para a sempre (a tia para o menino, em 22 de agosto de 1980). Foi dar para quem para perder a hora desse jeito? E levou esse filho da puta com você para servir de álibi, né? Vou arrancar os dentes da frente dele e os seus! (o pai, para a porta com placa de mãe, quando ela voltou com o menino do centro espírita, em 5 de janeiro de 1979). Não tenho dinheiro para analgésico não, se ele sentir dor na gengiva à noite você cata umas folhas de cidreira na praça e faz um chá para acalmar. Você e ele não gostam de chá? (a tia para a porta com placa de mãe, em 17 de janeiro de 1979). Um cara tenso e travado como você não deve ter tido infância, né? Toma um chá de cidreira, conhece? Acalma (ex-mulher teco-teco mostarda, durante discussão em 3 de fevereiro de 2002). Seu merda, hoje você não vai comer nada, sua porta perdeu a hora do almoço e não vai ter mais comida hora nenhuma, que é para vocês apreenderem. Eu já almocei, pede para ela fazer um chá (o pai, para o menino, quando voltou com a porta com placa de mãe do centro espírita, em 5 de janeiro de 1979). Você sempre foi uma dor de dente para a família, mas quando resolveu abandonar todo mundo e cair no mundo, virou um dente arrancado, um alívio pelo menos para mim (a tia, após encontro fortuito, em 19 de agosto de 2006). Perder os dentes foi pouco, devia ter batido com a cabeça e morrido de uma vez, ia ser um alívio (o pai para a porta com placa de mãe, na frente do menino, em 17 de janeiro de 1979).

a torneira da pia da cozinha pingava apressada, as gotas queriam fugir da cena. de frente para o tanque cor de chumbo na minúscula área de serviço com paredes cinzas, apenas um vão entre a geladeira azul-claro e o fogão preto, a porta com placa de mãe lavava as calcinhas fedorentas da tia – uma azul-royal com girassóis amarelos e outra cor de pus, e as cuecas meladas do pai, laranja, limão, piscina, mostarda, melancia e branca com graminhas verdes. na sala que também era quarto, o menino de pijama azul-bebê bordado com estrelinhas rosas de crochê brincava de frente para um espelho comprido, de corpo inteiro e emoldurado com madeira escura feito a da porta, pendurado na parede de chapisco branco ao lado da cama. dançava ao som do nada com os braços, coreografava com leveza e alegria como se não os tivesse em dois, mas em quatro. no reflexo do espelho, Shiva todo azul, com uma longa cabeleira de macarrão dourado e vestido com o uniforme da escola repetia sorridente os gestos na mesma cadência e sincronia, para que deus e menino fossem um.

sobre a mesa de jantar gigante, no meio do lago do meio da praça e no lugar da imagem de Nossa Senhora, um enorme estômago pulsante como um coração. dele, um esôfago transparente e igualmente latejante se conectava como cano de obra a um grande vaso sanitário alado de lousa cor de abóbora, e que do alto, por cima das copas das amendoeiras, batia freneticamente suas asas roxas feito o céu para manter-se no memo lugar. chovia gotas de água suja.

na sala de aula vazia, em cima de dezenas de carteiras verde-limão, pratos de alumínio repletos de macarrão, espaguete com molho de tomate vermelho-fosco salpicado de salsinhas desidratadas, coloridas e brilhosas como purpurina. na mesa da professora, de madeira escura e austera, um aquário de água límpida com peixinhos vermelhos, cortados do tecido boleado das rosas, e outros animais marinhos, estrelas-do-mar, caranguejos, lulas e pequenas arraias feitos com cédulas de 100 cruzeiros. nadavam.

******

Há restos de rancor em todos os cantos de minha boca dormente e oprimida, são amargos como os meus relatos recém-nascidos de lembranças sepultadas, é importante que você saiba, disse a Yolanda. *É mais importante que você saiba. Rancor que nada mais é do que um querer doloroso, não se lamente por ele, nem interrompa esse paroxismo de sabores que a vida te ofereceu, esgote-o, vá até o fundo.* Sinto as lembranças que surgem neste momento, são folhas secas de amendoeiras que enchem o chão da casa e o tempo agora é a minha casa. Muito difícil ordenar tudo isso, bem mais simples é doer. *A dor é uma forma de ordenamento, de construção de mundo, seguir a ordem da dor é legítimo.* O problema é que a porta com placa de mãe entranhou no menino que a dor é meio e fim, jamais um desvio ou acidente, a dor é a norma, pois sem dor o que sobra é culpa. *Culpa pelo quê?,* perguntou Yolanda. Culpa por não sentir dor, por não sofrer, a felicidade tinha que ser apenas uma utopia, um projeto ambicioso não alcançável naquele momento e em nenhum outro, já a dor precisava ser vivida, cada um devia pegar a sua cruz e seguir, ouviu o menino tantas vezes. *Se a casa oferecia dores constantes ao menino, talvez a porta com placa de mãe tenha tentado dar algum sentido a elas, e por isso a ideia de que seriam necessárias.* Mas, ao mesmo tempo, ela tentou de todas as formas instalar um rodo vedador na parte de baixo, por que ela fez isso? Por que esse outro lado que eu não consigo abrir não podia ser visto? *Pode ser que ela só quisesse impedir a passagem das baratas.*

******

na igreja das chagas sem Cristo, 12 santos de Roma sem rostos, vestidos com túnicas rosas e sentados no chão do altar assistiam à dança de Shiva sobre a mesa sagrada. a reta entre o menino e o reflexo divino no espelho da sala virou curva e os dois se tocaram e se fundiram ao som de tambores vibrantes. purpurinas roxas e cor-de-rosa reluzentes caíram sobre o pequeno vão da cozinha convertido em área de serviço, grudaram no tanque cinza, na madeira da porta com placa de mãe, nas calcinhas molhadas da tia e nas cuecas ainda meladas do pai. um arco-íris nasceu da fumaça da vela do banheiro que exalava alfazema.

debaixo d'água no lago do meio da praça, o que vi parecia o fundo de um oceano que não era meu. a professora, sentada sobre um banco de areia, com um colete nas cores do arco-íris do banheiro, deu aula para os peixes de tecidos boleados vermelhos e animais marinhos cortados de cédulas de 100 cruzeiros que escaparam do aquário. no fundo desse lago reinava uma paz hipócrita, silêncio barulhento, pois até os peixinhos de papel mais pequeninos sabiam que o estômago gigante pulsava lá em cima, vazio. do céu, depois das gotas de água suja caiu uma tempestade de pingos de crochê azul-bebê, que crochearam o lago até transbordar.

uma girafa coral com machas prateadas, levada por um vulto que sabia ser o da tia, mas inumano, inexprimível, comeu o macarrão de todos os pratos de alumínio das carteiras verde-limão da sala, e ao comer do último prato, girafa e vulto ganharam asas roxas idênticas às do vaso sanitário cor de abóbora sobre a praça, e voaram.

******

Para complementar a renda, a professora do menino vendia instrumentos musicais para crianças. A porta com placa de mãe, que na juventude tocava gaita, mas parou depois que se casou, comprou fiado uma pequena harpa, para pagar com o salário do mês seguinte, presente para o menino, uma recompensa pelo bom comportamento. Junto com ela, um livrinho preparado para iniciantes ensinava a tocar músicas populares, e uma delas era "Fascinação", a primeira a ter algumas de suas notas espalhadas pela casa. E como o menino se sentiu ao ganhar a harpa e tocar as primeiras notas?, perguntou Yolanda. Feliz como poucas vezes. Música, matemática e geografia passaram a ser suas paixões. Na Copa do Mundo de 1982, a primeira da qual ele tem alguma memória, um posto de gasolina perto de casa distribuiu tabelas dos jogos que tinham impressas todas as bandeiras dos países cujas seleções disputariam o campeonato. Ele pegou uma dessas tabelas, cortou todas as bandeirinhas e fez uma coleção de nações. Decorou os nomes de todas para que não precisasse de legenda e as perfilava em ordem alfabética sobre o sofá para tocar para elas. Tocar "Fascinação".

******

uma rosa vermelha em um copo de vidro com água, bem na frente da vela acesa no banheiro, uma fumaça lúbrica e sanguínea subiu em traçado de urgência a pedir socorro. Shiva menino, em um vai e vem triangular, suave e ritmado, com os quatro braços que circunscreviam um círculo imaginário sobre o altar e os pés batidos firmemente contra a mesa de madeira, cortou o ar da nave da igreja e arrancou aplausos empolgados dos 12 santos de Roma, seis deles vestidos com túnicas azul-royal com girassóis amarelos, e outros seis com túnicas brancas com graminhas verdes, todos com longas espadas douradas envoltas de luzes pisca-pisca de Natal em suas mãos, prontas para o ataque. nas colunas de mármore azul, o espelho comprido e emoldurado da sala multiplicado por seis refletia o varal com as calcinhas da tia e as cuecas do pai, todas limpas, a secarem por conta do movimento irrequieto do vento que entrava por uma pequena fresta da única janela na sala-quarto e chegava à cozinha. a purpurina sobre o tanque cinza, grudada nas paredes do vão minúsculo e na porta com placa de mãe, enegreceu.

a partir de um espasmo violento, o estômago pulsante começou a digerir macarrão com salsinhas coloridas, misturado a carteiras escolares verde-limão, que desceram pelo esôfago transparente conectado ao vaso sanitário alado e cor de abóbora. misturado ao bolo digestivo, o chapeuzinho azul do menino com mariposas coloridas - vermelhas, douradas, verdes, rosas, laranjas e marrons, grudadas em seu papel já amolecido pelo ácido gástrico. em uma das margens e indiferentes à digestão, moscas que trabalhavam nas barraquinhas da praça desteciam as gotas de crochê azul-bebê da chuva e depositavam seus fios sobre cocadas brancas moles da tia, recém-chegadas em chinelos sujos do pai. no fundo do lago do meio da praça, no lugar da professora, o joão-teimoso do berço dava aula para os peixes de tecido boleado vermelho e os animais marinhos cortados de cédulas de 100 cruzeiros. balançava.

******

Percorrer essa lembrança é polvilhar minha carne dura com cal, estragar o quase nada em mim ainda consumível, mas sinto que é necessário e premente, quem pede é o menino, e preciso seguir. Faminta por tristeza, a tia sempre forçou aquela casa a mastigar em falso a vida, para que até os prazeres e sabores inesperados resultassem em mandíbulas cansadas, línguas feridas e culpa incicatrizável. Qualquer alegria feria o ritual de austeridade que previa os olhos baixos de inferioridade e o silêncio da gratidão humilhante. Por pressão dela, sob a alegação de frivolidade e de idolatria do supérfluo, e sob a constante ameaça de corte da verba do cigarro do pai e de algumas compras de mercado - a inflação àquela altura estava muito alta e o pouco dinheiro da casa evaporava -, a porta com placa de mãe, constrangida, devolveu a harpa para a professora dois dias após a compra, alegou insegurança no emprego e a carestia no mercado. Naquele mesmo dia de devolução, um futuro músico morreu desidratado em um deserto. As bandeirinhas dos países da Copa também cancelaram as execuções de seus hinos nacionais durante as cerimônias e os desfiles ao redor de uma das manchas do sofá. Yolanda permaneceu em silêncio.

******

fortes contorções com o auxílio do ácido estomacal digeriram o macarrão, as carteiras e o chapéu do menino, e os defecaram como cocadas brancas moles a caírem do estômago gigante sobre o lago em grande quantidade. as moscas ao redor pararam o que faziam para aplaudir. na cozinha do conjugado, sobre o fogão rosa-choque, uma vela acesa repleta de purpurina nas cores do arco-íris ao lado de uma imagem de Nossa Senhora púrpura sobre patins verde-limão, com peruca amarelo-ovo e batom vermelho-sangue na boca. colado na porta da geladeira da mesma cor do fogão, o relógio do centro espírita com a cara do diabo cantou com a voz aguda da professora *Like a Virgin, touched for the very first time,* sorriu e exalou fumaça lacrimogênea do cigarro do pai.

******

As bandeirinhas disseram-se muito chateadas com a falta de música nas cerimônias e desfiles do sofá, eram os melhores brinquedos naqueles dias e precisavam ser bem tratadas. Melhores seriam os soldadinhos de guerra que viu na vitrine de uma loja perto de casa, mas decidiu não pedir para a porta com placa de mãe, que tinha comprado a harpa, sentia vergonha de pedir qualquer coisa a ela por causa da falta de dinheiro, e para o pai nunca pedia nada, só a Deus para que ele sumisse. O menino, então, quis agradar as bandeirinhas para manter a amizade. Como a porta com placa de mãe fora na casa da professora ali perto para devolver o instrumento, mais discreto do que devolver na escola, aproveitou que ficara sozinho em casa, as perfilou na mesa de jantar de sala e disse a elas que ligaria a TV e que imitaria quem primeiro se apresentasse no programa que estivesse no ar, faria um show particular para elas. Uma honraria e tanto, uma vez que nunca dançava em público, não sabia o motivo, pois adorava música e dança, mas inibia-se na frente da porta, do pai e, principalmente, da tia. Dança apenas no chuveiro durante o banho quente. Eliana Pittman cantando "Carimbó do Mato" foi a primeira imagem que apareceu na tela. Correu para o armário, pegou e calçou um scarpin vermelho da porta com placa de mãe, uma peruca de carnaval e com uma caneta esferográfica velha convertida em microfone iniciou a performance um tanto ou quanto desengonçada, porém livre. Foi flagrado pelo pai e pela tia enquanto rodopiava, cantava e gargalhava das cócegas benignas que ele mesmo fez na alma. *E você sabe o que aconteceu em seguida?*, perguntou Yolanda. Desse ponto em diante só vejo o mar cor de feijão. E agora? Quem me salva dessa espada?

******

Choro. das amendoeiras de folhas estáticas da praça nasceram flores de mãos fechadas em plena estação da injustiça. as graminhas verdes do bolo de aniversário esfarelado sobre o chão de terra seca e do teto da ambulância - encostada na grade verde-musgo que cercava o largo - viraram asfalto derretido. sobre a mesa de jantar do conjugado, a tia serviu para a porta e o menino em um pirex de plástico bem vagabundo cor de pus uma porção de bocas tristes fritas. na igreja das chagas sem Cristo, o pai, com uma túnica branca bordada com gotas de crochê que desenhavam um arco-íris em seu centro, elevou os olhos aos céus e iniciou uma oração rodeado na mesa do altar pelos 12 santos de Roma sem rostos, todos com túnicas azul-royal e girassóis amarelos, dessa vez sem espadas. em seguida, deu graças e levantou a tampa prateada de uma enorme bandeja, onde Shiva, fatiado em 13 pedaços, aguardava o momento de ser devorado. Choro. moscas cítricas - laranja, limão, piscina, mostarda e melancia - arrancaram os patins e a peruca da imagem de Nossa Senhora sobre o fogão verde-abacate da cozinha. da vela com purpurina sobraram apenas pingos tristes de cera roxa escorridos pela lateral do fogão até o chão de cerâmica vermelha. nem sinal de brilho, tudo fosco.

ruminante do tempo e das lembranças indigestas, o estômago gigante inflou-se como balão de ar para receber tudo o que fora jogado pela tia alada e a girafa voadora no enorme vaso sanitário cor de abóbora: a harpa, o rodo vedador para a porta, Shiva fatiado em 13 pedaços, bifes à milanesa, o livro de matemática encapado com plástico transparente com bolinhas vermelhas, a lancha motorizada feita com palitos de fósforo, maços de cigarro lacrimogêneo, o berço de madeira escura, o joão-teimoso, pedaços do bolo de aniversário, o time de botão de madrepérolas, a imagem de Nossa Senhora do lago, as rosas de tecido boleado, a vaca invisível fatiada, soldadinhos de chumbo, dentes de leite, o escorrega, sacos de purpurina e pedras, muitas pedras de cuspe. por baixo do estômago apareceu a jangada. invadiu a cena sozinha, repleta de baldes rosa-choque vazios.

******

E o que desceu do estômago para os baldes? Nada, não há digestão de lembranças quando se rumina a vida. O que descia, subia, mas só até uma certa altura do esôfago, nunca se transformou em vômito, o que seria libertador, subia e descia em queimação cadenciada e constante, corrosiva, não foi expelido nem por cima, nem por baixo. Um digerir vagaroso que não é uma digestão, e sim um cultivo, uma plantação de dores embebidas em ácido. Dores que se tornaram a viga austera que sustenta todo aquele sistema digestivo. *O que não é digerido e expelido, apodrece e pode matar.* A jangada sabe disso? *Tanto sabe que se posicionou bem ali embaixo, para receber os frutos dessa digestão.* Você quis dizer para receber excremento? *Não, para transportar a colheita.*

******

do estômago começou a escorrer a água suja das panelas misturada ao sangue das chagas, e que coagulava assim que tocava nos baldes rosas sobre a jangada. misturado àquele líquido que começou a descer sem controle, como uma enxurrada, purpurinas de todas as cores que não foram digeridas e deram brilho ao que deveria ser somente fosco. também tomaram conta do ar como se fossem vapores d'água. nada respingou no lago, nem uma gota, tudo coube naqueles baldes da jangada. o líquido desceu feito cachoeira por um tempo que não sei determinar. até que desinflou a bomba ruminante, e cessou. ao olhar para os baldes, além da purpurina misturada à água suja e aos coágulos vermelho-escuro do sangue das chagas, vi boiando em todos eles, mortas, as mariposas coloridas que grudavam no menino-vermelhas, douradas, verdes, rosas, laranjas e marrons.

******

Não era nada daquilo que eles achavam! Como ninguém entendeu aquele menino? Quanta água suja, Yolanda! Quanta injustiça! Yolanda nada comentou.

******

Que porra é essa? Deixo um filho em casa e quando volto encontro uma dançarina, um viadinho? O que é isso, seu filho da puta, quer morrer agora? (o pai para o menino, assim que chegou em casa e encontrou o menino dançando, em 13 de abril de 1983). Você nunca dança nas nossas festas por quê? Não gosta das músicas? Tem medo de fazer vergonha? Hehe. Eu te ensino a dançar, se você quiser, deixa de ser tímido (amiga teco-teco melancia em 22 de novembro de 2001). Eu vivo dizendo que é esse o tipo de criação que esse menino está recebendo, vai te dar dor de cabeça. Olha esse salto! Quando aparecer vestido de mulher não vai reclamar nem dizer que eu não avisei. Pegue as rédeas da casa e tire esse menino daquela escola, é escola de gente fresca, serve para minhas enteadas, ele precisa de uma escola que o ensine a ser homem, a escola da vida! (a tia para o pai, na frente do menino, assim que chegou no conjugado, em 13 de abril de 1983). Nem no nosso casamento você me chamou para dançar, talvez seja por isso que nossa música desandou, você sempre foi um marido sem ritmo, se eu soubesse que sua vida era desafinada, não tinha me interessado por você (a ex-mulher, durante uma discussão, em 11 de fevereiro de 2018). Olha, seu filho da puta, só não te dou uma surra agora, só não te mato, porque a tua tia está aqui e ela não merece ver isso. Vou te explicar uma vez só, eu não tenho filho viado, filho viado eu mato! E ainda deixo apodrecer no mato (o pai para o menino, em 13 de abril de 1983). Você quis se separar por que é viado? Pode falar a verdade, eu aguento. Na verdade, sempre desconfiei, pode falar, gente como você esconde esse tipo de coisa, gente que não tem coragem de se assumir e que usa as mulheres como escudo (a ex-mulher, durante uma discussão, em 11 de fevereiro de 2018). Peguei seu filho dançando feito uma mulherzinha, com peruca e seus sapatos. Culpa sua, filha da puta desgraçada, agora que transformou esse menino em viado, ele é só seu filho. Se for meu filho, me avisa que eu mato, não quero nem olhar mais para ele, para mim já morreu em vida (o pai para a porta com placa de mãe, na frente do menino, em 13 de abril de 1983). Um brinde ao cara que nunca deu sequer uma reboladinha na vida, que conhece todos os sofás das boates, todos os bancos de praça por onde passam blocos de carnaval, e que por isso não pega ninguém! Tim-tim, meu amigo, eu te amo! (amigo teco-teco limão, durante evento em um bar com os amigos, em 7 de janeiro de 2017). Por que você não tira esse menino da escola e usa o dinheiro para pagar um médico, um psicólogo? Está mais do que claro que ele é doente, não é normal um menino dançar assim, feito uma travesti, acho bom você tomar uma providência antes que seja tarde, se é que já não é tarde (a tia para a porta com placa de mãe, na frente do menino, em 13 de abril de 1983). Você hoje não vai jantar, sua tia trouxe macarronada e bife à milanesa, mas viado não come, viado tem que passar fome. Vai dormir! E se chorar vou te comer na porrada! No que depender de mim, você nunca mais come macarronada com bife à milanesa, vou tirar tudo o que você mais gosta, porque viado não tem querer, viado tem que morrer (o pai para o menino, em 13 de abril de 1983). Sua tia veio aqui dizer que, além de não ter ligado para a harpa, você começou a dançar em casa feito mulher. Que decepção, menino! Ela acha que você tem que sair da escola, a culpa é sua e ela ainda diz que a culpa é minha que você faça esse tipo de coisa horrível. Preste atenção, se você for pego dançando assim na escola, vai parar na direção e vou pedir sua expulsão (a professora para o menino, em 14 de abril de 1983). Essa coisa de dar harpa para um menino é ajudar ele ser viado, é um absurdo. Homem não tem que ficar tocando harpa, homem tem que desde cedo ajudar na casa, vender alguma coisa na rua, mas você é metida a rica, fica paparicando e mimando o menino, vai criar uma mulher com pinto, toma cuidado porque eu não quero esse tipo de vergonha na família, eu sumo daqui, esqueço que vocês existem (a tia para a porta com placa de mãe, na frente do menino, em 13 de abril de 1983). Sua tia e seu pai me proibiram de fazer macarrão para você. Não chora, nem reclama, deixa que uma hora isso passa, você não vai morrer se ficar sem macarrão e sem bife por um tempo, come arroz, come feijão, posso fazer bolinho (a porta com placa de mãe para o menino em 14 de abril de 1983). Não olha para a minha cara! Abaixa o rosto, finge que não me vê, me respeita que eu sou homem! Quando eu perceber que você virou homem de novo, volto a falar com você. Antes disso, você está morto para mim! E sinta-se feliz porque eu não te joguei no olho da rua, minha vontade é te expulsar daqui para nunca mais olhar na sua fuça, seu viado (o pai para o menino, em 16 de abril de 1983).

******

a Via Láctea nasceu de uma explosão silenciosa nas palmas de minhas mãos, no mais íntimo dos Big Bangs. enquanto navegava no meio da noite, as olhei e, de repente, notei desenhado nelas um céu inteiro que só se observa em grandes telescópios, metade em cada uma. entre as linhas que nos desnudam aos olhos de quem fura o tempo couberam nebulosas, constelações, buracos negros, sistemas planetários inteiros, estrelas vermelhas, amarelas e azuis. cartografia de toda a galáxia não disponível ao olhar para cima, porque em meu firmamento sobre o mar e a jangada brilhava outro universo.

em uma cama de ferro cor de cimento queimado, forrada com lençol amarelo-ovo, encostada na parede vermelho-sangue brilhoso do centro espírita, dormia acordado o menino, com pijaminha de plástico transparente de bolinhas vermelhas e chapeuzinho azul-celeste. pendurado na parede sobre ele, no lugar do relógio com o diabo no meio, a Sagrada Família esculpida em madeira escura e pintada com esmalte sintético de várias cores e de cheiro forte: José à esquerda, Maria à direita e o Menino Jesus, de cabelos loiros e pele clara entre os pais morenos de mechas negras.

um pouco acima do mar cor de feijão, flutuavam planetas de meu sistema lunar. bem no centro, uma enorme lua acesa cor de suco de goiaba, e ao redor dela transladavam nove planetas com seus pequenos e grandes satélites e que ocupavam quase todo o espaço até o horizonte. o mais próximo da jangada era o mais parecido com a Terra, os oceanos tinham cor e textura de cocadas moles brancas e os continentes feitos de bifes à milanesa bem tostadinhos. o maior ficava um pouco distante e não se parecia com Júpiter, mas com um enorme Saturno Negro, rodeado por anéis de botões de madrepérolas coloridos. o mais longínquo e menor de todos, com aspecto gelado, era uma bola de crochê azul-bebê com continentes quadrados de graminhas verdes nos dois polos.

******

O medo sempre me alcança, corro, mas ele é mais veloz. E uma vez enlaçado por suas cordas, volto a andar, piso na terra mais devagar, mas não a sinto. Vagar é isso, ter negado o direito ao tato no chão e não conseguir desenhar os próprios pés sobre o mundo.

Mas não me entenda errado, Yolanda, não peço piedosas interpretações sobre minhas desglórias, nem misericórdia ao destino. O que faço mais uma vez é proclamar a ausência de um mapa e de uma rota em mim. Até o sangue velho dos meus pais que corre em minhas veias não sabe mais para onde ir, se perde no entrelaçado circulatório e se mistura ao líquido oxigenado das artérias, e me sufoca. Yolanda nada comentou.

******

uma manada de 12 elefantes roxos com enormes orelhas douradas e olhos azul-turquesa caminhou lentamente em fila ao redor da praça e ocupou toda a calçada do lado de fora das grades. carregavam enormes bússolas de cobre sobre os dorsos, presas por cordas azuis cintilantes como os raios do céu, giravam no sentido contrário ao da rotação do mundo e não indicavam direção alguma, seus ponteiros dormiam. os animais deram 12 voltas ao redor do largo e pararam. no lugar de Nossa Senhora, no meio do lago do meio da praça, um enorme radar cinza-fosco sobre um pedestal, e na sua parte mais alta uma luz vermelha igual à da caixa de concreto do chuveiro. girava rapidamente como se quisesse detectar alguma coisa, mas não conseguia, fazia um bip-bip irritante enquanto a luz vermelha piscava, as moscas que trabalhavam nas barraquinhas gostaram, dançaram ao som esquisito enquanto vendiam cocadas brancas e moles em formatos de planetas para crianças uniformizadas.

não vi o menino, nem o pai, a tia ou a porta com placa de mãe, sequer vi a entrada do prédio do conjugado que ficava do outro lado da praça. tudo do outro lado sumiu, prédio, quitanda, casas, restou apenas a calçada, idêntica à do outro lado onde os elefantes permaneciam parados. sobre ela, fincadas em finos postes de ferro e cor de cimento queimado, dezenas de placas amarelo-ovo em formato de setas, cada uma virada para uma direção diferente. em todas lia-se casa.

******

Medo da família não conseguir pagar o aluguel e ser despejada, de a tia não dar o dinheiro do cigarro e das compras para o pai e a porta com placa de mãe precisar tirá-lo da escola, do pai expulsá-lo de casa por qualquer motivo a qualquer momento, da porta ir embora por conta própria ou também ser expulsa daquele conjugado esfumaçado. Nenhum lugar parecia garantido para o menino, nem o lar, nem a escola, nem a rua ou o bairro. Toda a geografia vivia sob ameaça permanente de mutação à revelia e como punição, com ela todos os relacionamentos e afetos. Deixar a casa significava deixar os vizinhos, largar a escola era o mesmo que não mais ver os colegas. Tanta ameaça, tanta promessa de tragédia entregue diariamente em frases soltas ou em discursos mais elaborados, em vozes tranquilas ou em gritos desestabilizadores, que o medo de mudança se tornou pânico. Após um certo tempo, nada mais podia mudar de lugar nem de papel. O bibelô em cima da mesa deveria permanecer sempre ali, no lado esquerdo mais à frente, o nome que identificava os cadernos, invariavelmente na segunda linha da primeira folha, o plástico que encapava os livros deveria ser sempre o mesmo, o patê de presunto que recheava o sanduíche da merenda também. A estética do estático como estratégia de defesa, se nada muda no mundo, a mudança ruim também não acontece. *Mas o mundo muda o tempo todo, e as mudanças chegaram para o menino,* disse Yolanda. Nunca de forma pacífica, sempre com sofrimento e muito medo do porvir. As mudanças do corpo, de fase na escola e de professores, dos amigos e dos vizinhos, toda mudança se constituía em ameaça, porque as palavras todos os dias ameaçavam com mudança. Quando as palavras te esmagam todos os dias, o corpo se acostuma a ter uma alma achatada, e a do menino tornou-se pequena como essas palavras, uma alma bonsai, com raízes, galhos e pontas cortados e podados por elas com regularidade para que mesmo quando adulto, o homem de dentro não passasse de uma miniatura.

******

estimulado pelos nervos da parede, São José olhava de rabo de olho para o menino deitado. Maria e seu filho, indiferentes ao ânimo quente ao lado, miravam no nada. São José, contudo, vigiava com o olho direito o menino, o acompanhava para onde quer que se movesse na cama. rabo de olho rude, e a pupila quando voltava sua atenção para baixo perdia o desenho esférico e ganhava contornos de meia-lua amarela, olhar maligno de predador. o menino queria correr, mas tinha medo, não havia uma porta, não havia direção nem saída, só um mesão no meio do salão, onde a porta com placa de mãe dormia, paredes vermelhas por todos os lados e vertigem amarga das vítimas indefesas, melhor não se mexer. O relógio com o diabo no meio, apreensivo, preferiu não aparecer, escondeu-se dentro da geladeira verde-limão da cozinha do conjugado vazio, nem o diabo podia com um olhar de rabo em meia-lua.

******

Como o horário de trabalho da mãe foi ampliado e o pai jamais aceitou a função de buscar o menino na escola, a solução foi ensiná-lo ainda muito novo, aos 7 anos, a voltar para casa sozinho. Não converse com estranhos, não aceite balas nem doces de quem você não conhece, venha direto para casa, atravesse no sinal, olhe sempre para os dois lados da rua, não deixe dinheiro dentro da mochila, guarde sempre no bolso, leve um casaco e um guarda-chuva, não use relógio de pulso para não atrair pivetes, não compre besteira com o dinheiro da merenda, recomendou mil vezes a porta com placa de mãe. E o menino sempre cumpriu todas as recomendações. Mas justo no dia em que a loja de brinquedos que ficava na outra esquina entrou em promoção e ele e mais dois coleguinhas decidiram visitá-la rapidamente na saída da escola, o pai fez as vezes de bom-moço e foi, atrasado, buscar o menino. Um ano sem buscá-lo, um ano em que o menino fazia tudo o que a porta com placa de mãe mandara. Enquanto o pai chegou por um lado, ele saiu por outro e os dois não se encontraram. O pai voltou sozinho para casa, o menino chegou 15 minutos depois. *Você lembra o que o pai falou para o menino?* perguntou Yolanda. Não sei o que aconteceu em seguida, só sei que o pai não falou, ele gritou e uivou.

******

a galáxia desfigurou-se em minhas mãos, os planetas apagaram, as nebulosas se espalharam, as estrelas escorreram e morreram entre os dedos. sobre o mar, o sistema lunar com seus planetas e satélites tornou-se opaco, quase transparente, e o céu violáceo escureceu até tornar-se o mesmo roxo dos elefantes. Choro. os elefantes se agitaram e começaram a correr ao redor da praça, derrubaram a grade que a separa da rua, adentraram com ferocidade incontível o chão de terra e pisotearam várias moscas desavisadas que vendiam cocadas nas barraquinhas, esfarelaram também os tijolos soltos que o pai costumava amontoar em paredes sem rejunte. o radar no lugar de Nossa Senhora girou ainda mais rápido até que um cheiro de queimado se espalhou por todo o lugar e aquele aparelho enorme despencou de seu pedestal e, como a caixa térmica do chuveiro, estilhaçou-se em vários pedaços dentro do lago no meio da praça.

Choro. o menino, que dormia acordado no centro espírita, desesperou-se ao ver que a Sagrada Família pendurada na parede vermelha ao lado da cama não tinha mais São José, Maria e o Menino Jesus, eram o pai, a tia e ele, de cabelos loiros no meio. o pai também o vigiava com pupilas de meia-lua, e soltava fumaça lacrimogênea pelo cigarro no canto direito de sua boca. a porta com placa de mãe, acorrentada ao mesão, tremia e se debatia, lá de dentro se ouvia: corra!

******

Quando a sombra descia sobre a janela e a quietude escura finalmente tomava conta do conjugado, o menino ainda acordado no sofá convertido em cama pedia baixinho ao seu anjo da guarda que conversasse com o pai. Recomendação do vizinho do centro espírita, que ao encontrá-lo no corredor do prédio, enquanto chegava da escola, ao olhar nos seus olhos e ler suas retinas disse: sabia que à noite, enquanto dormimos aqui, passeamos e conversamos com outras pessoas em outros lugares? Peça em oração para alguém em que você confia, que encontre e converse com seu pai durante o sono, ele vai ficar mais calmo. E como o padre certa vez disse na missa que o anjo da guarda é em quem a gente mais deve confiar depois de Deus, resolveu fazer o pedido todas as noites. Imaginava o anjo todo de branco com longos cabelos dourados e enormes asas de luz caminhar em direção ao pai, puxar delicadamente um banquinho de madeira, sentar-se bem perto dele e começar a falar em seu ouvido. *E o que anjo falava ao pé do ouvido do pai?* perguntou Yolanda. Ele o assombrava com palavras sem constrangimento, verbos que o assustavam porque mostravam a dor que provocava, explicava ponto por ponto tudo o que incomodava e como as tristezas de suas ideias e convicções desarrumavam toda aquela casa. E *qual era a reação do pai ao ouvir o anjo?* Concordava com a cabeça. O arrependimento vazava com a luz de seus olhos secos e, tranquilo e resoluto, prometia converter-se em outra pessoa. *Esse encontro nunca aconteceu?* Acontecia todas as noites, exatamente como o menino imaginara, assim que pegava no sono. O anjo jamais deixaria de atender um pedido desses do menino. O problema é que a tia, atenta a tudo, vigiava o pai até em sonho, e quando o anjo ia embora, aproximava-se dele, e também ao pé do ouvido, destilava todo o veneno que podia bem na fonte de seus impulsos afetivos. *Então a culpa sempre foi da tia,* provocou Yolanda. Não, ao fim do sonho o pai escolhia quem ouvia. Nunca foi culpa da tia sua recusa a olhar com firmeza o rosto do menino para redescobrir naqueles traços infantis sua imagem antiga, nem a ausência de seus beijos ásperos.

******

o pai, que apareceu no lugar de São José, disparou de sua boca fedida pedras de cuspe cinzas e repletas de pontas contra o menino deitado na cama de ferro dourada forrada com lençol roxo. quase todas atingiram o lençol, deixando-o como se tivesse sido queimado por muitos cigarros. a mais certeira, contudo, fez um enorme buraco no pijaminha de plástico transparente com bolinhas vermelhas na altura da coxa direita do menino, destruiu o plástico, queimou e arrancou lascas de sua pele fina e liberou um jorro escuro de sangue fino. assombrado, de alma e pés descalços, pulou em desespero da cama para achar uma saída, mas só havia parede branca, nem janela, nem porta. a tia, pendurada no lugar de Nossa Senhora, com vestido azul-royal e girassóis amarelos no seio da Sagrada Família, sorriu igual ao diabo no meio do relógio. em cima do mesão do centro espírita, a porta com placa de mãe presa a correntes cor de cimento queimado continuou a se debater, e lá de dentro novamente se ouviu uma voz inquieta pelo desespero: corra! mesmo sem porta e sem rota, corra!

******

Assim que acordava, ainda na cama e antes mesmo de saber se chovia ou se fazia Sol, o pai acendia um cigarro. A fumaça tornava mais turvo o conjugado, que ainda tentava absorver a fumaça do último cigarro aceso à noite, pouco antes de dormir. Cigarro fumado, levantava-se para ir ao banheiro, e uma vez com a porta fechada e sentado no vaso sanitário, fumava o segundo, impossível usá-lo em seguida. O terceiro queimava não muito tempo depois, com o café preto da manhã feito pela porta com placa de mãe. Os cinzeiros espalhados por todos os cantos nunca foram vistos vazios, cinzas pelo chão, guimbas na pia da cozinha e maços vazios esquecidos na mesa de jantar compunham o ambiente. O cigarro sempre desnorteou o menino, o fazia acordar com enjoo e ânsia de vômito, sem fome e com vontade de trocar de roupa e ir para a escola o mais rápido possível. Reclamar nunca foi opção, tentar mudar os hábitos muito menos. Com o passar dos anos, a ojeriza por aquele hábito tornou-se tamanha que o menino só sentia o ar entrar de fato nos pulmões quando alcançava a rua, foi quando o fora tornou-se o dentro, e a noção de lar dissolveu-se na preferência pela rua.

******

Seu pai é quem atrasa nossa vida e faz a gente se perder no caminho, a gente vai ter que sair dessa casa (a porta com placa de mãe para o menino, depois de um ataque de fúria do pai, em 12 de junho de 1984). Não aguento mais essa vida, Deus pode me levar, aí você e seu pai tomam os rumos de vocês, não posso fazer mais nada (a porta com placa de mãe para o menino, depois de um ataque de fúria do pai, em 14 de julho de 1983). Se eu for embora dessa casa, você vai ter que se virar sozinho, porque seu pai você já sabe como é, você é quem vai ter que tomar conta do seu caminho (a porta com placa de mãe para o menino, depois de um ataque de fúria do pai, em 27 de janeiro de 1982). Sua tia não presta, ela quer te ver fora de rumo (a porta com placa de mãe para o menino, após um ataque da tia por causa dos gastos, em 7 de fevereiro de 1985). Nessa vida a gente precisa caminhar sozinho, sem contar o caminho para ninguém, tudo o que gente fala para seu pai e para sua tia não acontece, nunca conte nada para eles, vamos seguir sozinhos (a porta com placa de mãe para o menino, durante conversa, em 27 de setembro de 1983). Eu quero ir embora dessa casa, eu não aguento mais, vou deixar você aqui com seu pai, aí quero ver como você vai se perder rapidinho (a porta com placa de mãe para o menino, após briga com ele por causa dos brinquedos espalhados pela casa, em 3 de março de 1980). Quando eu morrer você vai se arrepender de não ter me obedecido, vai sentir falta porque sou eu o rumo dessa casa, vai ter que ficar com seu pai (a porta com placa de mãe para o menino, após brigar com ele por conta da bagunça no banheiro, em 27 de agosto de 1986).

******

Choro.

******

Com essas notas sua trajetória será horrível, seu futuro está comprometido. O que está acontecendo com você? Que caminho terrível é esse que você está tomando? Preciso conversar com sua família (professora primária para o menino, em 27 de abril de 1984).

******

Choro.

******

Na próxima vez que você mudar o caminho ao sair da escola, me faz o favor de não voltar mais para casa. Já pega seus paninhos de bunda antes de ir para escola e some daqui! Vai embora e toma seu rumo, seu caminho na vida, para nunca mais voltar! (o pai para o menino, após desencontro na porta da escola em 19 de dezembro de 1981).

******

Choro.

******

Graças a Deus eu tive a sorte de não ter um filho com alguém tão sem rumo na vida como você (ex-mulher teco-teco mostarda, em 14 de fevereiro de 2006).

******

Choro.

******

A porta com placa de mãe nunca te contou? Você foi um acidente de percurso, seus pais não queriam você, só não abortaram porque Deus condena (a tia para o menino, em 27 de maio de 1985).

um rio caudaloso de palavras líquidas, negras e fétidas, e de margens ásperas, se formou na rua que separa o conjugado da praça. inamovível. na calçada do prédio, um exército incontável de pavões azuis cintilantes de peitos estufados e enormes caudas formadas por penas de papel celofane verde-oliva. calçavam coturnos militares cromados vermelho-sangue cravejados de pedras em tom de ocre. Perfilados e em silêncio, aguardavam ordem de ataque.

no outro lado, a praça coberta por farinha de rosca no lugar da terra esfarinhenta e com os canteiros de graminhas verdes do teto da ambulância, barraquinhas coloridas de cocadas brancas moles vendidas por moscas alienadas a alunos uniformizados, e no meio do lago, no lugar de Nossa Senhora, uma enorme ursa amarelo-ovo tocava uma harpa azul-bebê do seu tamanho. no canto direito do largo, ao lado de um monte de tijolos sem rejunte em formato de parede solitária e invertebrada, o menino sentado em um balanço cor de abóbora lia um livro de matemática encapado com plástico transparente e bolinhas vermelhas. ao avistar os pavões do outro lado do rio, a ursa, no alto de seu pedestal, mudou a canção: *não temas, minha donzela, nossa sorte nessa guerra. eles são muitos, mas não podem voar.*

******

Faltava uma semana para o Natal quando a geladeira velha pifou de vez. Herança do proprietário do conjugado, que de tão antiga e sem valor a deixou de presente para o primeiro inquilino que fechasse contrato. O motor queimou e não havia como trocar, todas as peças estavam fora de linha. Há anos o pai constava nas listas de pagadores inadimplentes e jamais conseguiria a aprovação de um crediário para comprar uma nova. Se conseguisse, levaria e não pagaria, achava calote coisa de gente esperta, desde que para os vizinhos e amigos a impressão fosse justamente o contrário. A porta com placa de mãe não tinha renda suficiente, e duas lojas de departamento negaram o crédito. O jeito, mais uma vez, foi apelar para a tia.

A tia aceitou ir até a loja para fechar negócio, mas do jeito dela. A geladeira não podia ser um modelo duplex, muito caro, justificou. O menino fez as contas e mostrou que com uma parcela a mais, a diferença entre o modelo menor e o duplex seria muito pequena no valor da prestação mensal, todos na casa sonhavam com uma geladeira duplex, a porta com placa de mãe pretendia vender empadão para os vizinhos e no consultório, mas precisava de mais espaço para guardar o recheio de frango. Quanto mais parcelas, maior o risco de eu ter que pagar sozinha, nem pensar, respondeu com a rispidez de sempre diante do pai e da porta com placa de mãe e do vendedor. A verdade é que geladeira com duas portas deveria continuar sendo privilégio dela, a superioridade precisava da concretude dos eletrodomésticos para compensar a inferioridade do espírito, cabia à porta com placa de mãe continuar dando seu jeito para espremer um pouco de carne de segunda e de frango em um congelador minúsculo, e principalmente não cozinhar para fora, mais renda nem pensar, nem fazer estoque, mesmo em tempos de inflação nas alturas, em que os preços aumentavam duas ou três vezes por dia. Mas não era só isso. A geladeira precisava ser branca, a tinta comprada com crédito dela para pintar as paredes do conjugado no mês anterior também precisava ser branca, assim como a das portas e das janelas, e a pequena mesa de fórmica da cozinha, presente para o pai no ano anterior, e o vaso sanitário recém-trocado porque o antigo trincou, o plástico para encapar os livros didáticos, os pratos de plástico e a cortina do box do banheiro também. Branco é sempre mais barato, justificava. O pai nunca ligou para a aparência de nada da casa e a porta com placa de mãe, por anos acuada diante da falta de opção, abortou o destino com todos os tons de violeta e aceitou uma vida cuja junção de todas as cores resultava em nenhuma. Não bastava o controle econômico sobre o que entrava e o que não entrava no conjugado, nem o domínio sobre as emoções boas e más da casa, a tia precisava ter o controle sobre as cores da família. Yolanda nada comentou.

******

o som seco de uma matraca ordenou a ação vil. dois pavões, um com girassóis amarelos colados em seu peito estufado azul cintilante, e outro com um cigarro aceso preso ao bico, correram para o interior do prédio, enquanto os demais aguardavam perfilados. na praça, uma mosca alienada de uma das barraquinhas pegou uma colher de sopa de cocada branca mole e empanou no chão de farinha de rosca para oferecer ao menino sentado no balanço, cocada branca mole à milanesa. os dois pavões em missão saíram do prédio carregando com suas asas a porta com placa de mãe acorrentada, deitaram-na como uma ponte sobre o leito do rio de palavras líquidas, negras e fétidas, e alertaram os demais, sozinhos eles jamais concluiriam, para a passagem liberada.

******

Copo de geleia com restos de café em cima da pia, prato do almoço com sobras de comida em cima da mesa da cozinha, toalha molhada largada sobre a cama, cinzeiros lotados com guimbas de cigarro que sobravam pelas mesas e pelo chão, roupa suja e fedida enfiada nas gavetas do guarda-roupa, vaso sanitário com a tampa aberta e repleto de urina, sem que uma descarga sequer fosse dada, o que transformava a pequena sala em uma mistura de área de fumantes com banheiro de rodoviária. Bastava a porta com placa de mãe sair por meia hora para encontrar a mesma cena quando voltava. Organizar e limpar a casa era de sua exclusiva responsabilidade, atribuições conferidas em um contrato de casamento à moda antiga, organizar e limpar a cada minuto, a cada gole de café do pai em um copo diferente, a cada ida ao banheiro e a cada cigarro aceso enquanto ouvia o rádio sentado no sofá da sala.

A revolta da porta com placa de mãe chegava, os gritos também, mas nunca na presença do pai, quem ouvia era o menino. E como o menino perturbado pelo turbilhão de dores ouvia quase todos os dias aqueles desabafos de raiva e desesperança na voz lá do outro lado, quase sempre em tom de súplica repleta de clamores aos Céus por uma intervenção divina, nem que fosse com a morte, não raro principalmente com a morte, eram nele que aquelas pedras de desagravo batiam. Ao constatar que quando o pai chegava, a revolta se dissipava como se nada tivesse sido falado, gritado ou doído, com todos os copos de geleia lavados e no lugar, e a tampa da privada fechada, endurecia-se em injustiça e engolia a raiva embebida em medo. *Medo de quê?* perguntou Yolanda. Medo da boca, respondi.

Um dia, no auge da revolta, a porta com placa de mãe resolveu tomar uma atitude. Parou de limpar a casa, deixou as panelas sujas sobre o fogão e a pia, não lavou os copos nem os pratos, fingiu não ver os cinzeiros, a toalha molhada na cama, nem o banheiro em situação precária. Quando o pai chegou em casa após visitar a tia, que estava gripada, não encontrou sequer um copo de geleia limpo para tomar café. *E você lembra o que aconteceu?* perguntou Yolanda. Não sei, o menino não me contou, respondi, mas meu corpo treme e formiga.

******

a ursa gigante verde-menta e com voz da diretora da escola desceu do pedestal dourado do meio do lago com sua harpa rosa-chá, caminhou rapidamente pelas águas e ao pisar na farinha de rosca que cobria o chão da praça começou a tocar e a cantar uma outra música conhecida: *a verdade prova que o tempo é o senhor dos dois destinos. dos dois destinos. já que pra ser homem tem que ter a grandeza de um menino. de um menino. no coração de quem faz a guerra nascerá uma flor...*

******

Amarelo é a cor mais linda. O pai odiava música e poesia e o menino passou a amar tudo o que se configurava como o avesso do pai e cultivou um desquerer doloroso por todas as coisas que o agradavam. Pediu para a porta com placa de mãe um caderninho a mais do que o previsto na lista de material escolar do ano e começou a escrever com sentimento sobre coisas perdidas. Primeiro, desordenadamente, para não muito tempo depois imitar os poetas cujos livros alugava na biblioteca da escola. Noventa e sete páginas secretas, que nunca saíam da mochila, exceto para serem escritas, quase sempre quando sozinho em casa ou em um canto isolado do pátio da escola na hora do recreio. Além do caderninho secreto, a mochila também guardava alguns trocados, moedas que sobravam do refrigerante da merenda, já que o pão com patê de presunto sempre levava de casa. Parecia pouco, mas dava para um maço de cigarros. Foi o que o pai concluiu, num dia de fim de mês e de dureza, em que a tia ainda não tinha passado por lá. Olhou para os dois cigarros que restavam, percebeu que entraria em abstinência ainda antes do almoço, e aproveitou que a porta com placa de mãe já tinha ido para o trabalho e que o menino ainda dormia para vasculhar e fazer a limpa na sua mochila, e foi assim que encontrou um caderninho de capa dura amarela repleto de poesias. *E qual foi a reação do pai*, perguntou Yolanda. Uma muralha. Ele construiu uma grande muralha que separou definitivamente os dois. O mais, não sei.

******

incontáveis pavões azuis cintilantes de peito estufado pisotearam a porta com placa de mãe, atravessaram o rio e chegaram à praça. com os contornos cromados marrons cravados de pedras lilás e grudados com farinha de rosca, comeram as cocadas moles brancas, destruíram as barraquinhas, lançaram bombas de gás rosa lacrimogêneo por todos os cantos e esmagaram as moscas. antes que alcançassem o menino, a ursa cor de pêssego com sua harpa violeta o tirou apressada do balanço prata, o vestiu com uma roupa dourada de mergulhador e com um capacete redondo de ferro cor de cimento queimado, levou-o rapidamente para a beira do lago e o empurrou para dentro d'água. em seguida, enquanto tinha as costas devoradas pelos bicos covardes dos pavões, tocou e cantou enquanto olhava na direção do menino que descia: *quando te der saudade de mim, quando tua garganta apertar, basta dar um suspiro que eu vou ligeiro te consolar.*

******

As prestações da geladeira nova, assumidas integralmente pela porta com placa de mãe, comprometeram o pagamento da matrícula do ano letivo seguinte, o orçamento era muito curto. A tia e o pai, esfuziantes com a novidade e diante da falta de vagas nas escolas públicas do bairro, rapidamente planejaram um treinamento do menino com os pintores e pedreiros da região, para que pudesse começar trabalhar durante todo o dia como assistente de obras. A marmita branca a tia prometeu comprar.

De mãos dadas ao filho choroso e assustado com o futuro, a porta com placa de mãe entrou na sala da diretora do colégio para se desfazer em dor e lágrimas, e para comunicar que o menino deixaria os estudos pelo menos naquele ano. Comovida com a história sincera, e com o desespero de ambos, ela os chamou em um canto mais reservado onde as secretárias ao lado não ouviriam, e disse: sempre foi um aluno muito comportado e educado. Por isso, este ano, a matrícula e a primeira mensalidade serão cortesia. O desconto inesperado foi suficiente não apenas para mantê-lo no colégio, como para comprar quase todo o material escolar do ano. Também o suficiente para a tia sumir com duas compras por duas semanas do conjugado e para o pai, que precisou racionar cigarros, ter várias crises de fúria.

******

com todas as minhas paredes derruídas, coberto pelo sal áspero de uma maresia corrosiva que limpava as feridas, mas que ao limpá-las as comia, e isso ardia, decidi não mais mergulhar. um enorme cansaço e o receio de novos encontros-emboscadas me fez decretar a jangada sobre o mar cor de feijão ralo e sob o céu violáceo meu perímetro de segurança. limitar-me à superfície das águas mesmo sem noção de latitude e de longitude, sem a linha do continente ao alcance dos olhos, e deslizar ao comando misterioso do vento trazia-me o suficiente ao peito. não desejava voltar à praia naquele momento, mas entrar novamente n'água significaria trocar a paz de cima, ainda que uma paz de raios, pelo incerto das profundezas. a jangada tornou-se minha casa, o refúgio seguro e confortável e certo de uma travessia incerta. tornei-me uma extensão dos seis paus simétricos que amarrados formavam a base e que, na ausência de minhas paredes, me sustentava e apartava de todo o resto. queria mesmo era uma corda que me amarrasse a eles e me considerasse como parte inalienável da embarcação, fundamental ao seu flutuar, queria deixar de ser mergulhador para me tornar apenas jangada.

o céu não gostou, considerou a decisão um desrespeito à letra de meus anseios antigos e à medicina daquele mundo moldada desde o princípio aos meus desequilíbrios. deitado de barriga para cima entre os dois paus do meio, em um momento de descanso de mim mesmo, uma pausa para que a paisagem e o eu explorador convertêssemos em uma só essência dispersa de conflitos, percebi que no violáceo rasgado por raios se formaram densas nuvens verde-musgo, com riscos em rosa-choque neon que acendiam e apagavam sem qualquer zelo com meus medos, decididas a converterem meu pequeno ritual de ternura em desafagos doloridos. na velocidade de uma daquelas tempestades tropicais que surpreendem, em questão de segundos tomaram conta de todo o céu e transtornaram o tempo. as nuvens sempre oferecem desenhos e essas decidiram me oferecer bocas, muitas, a enrugada da tia, a fabricante de fumaça do pai, outras desconhecidas de gente conhecida, todas tridimensionais, açulados hologramas gigantes e que se posicionaram sobre minha cabeça. cuspiram todas juntas, desabou uma chuva pesada de cuspes empedrados, de tamanhos e cores diferentes – cinzas, marrons, pretos e em diferentes tons de catarro, pontudos e fedorentos. furaram a vela, arrancaram lascas da madeira e sangue da minha pele. os que bateram na água geraram ondas que me desequilibraram e me lembraram de minha frágil estabilidade. desesperei-me, não havia espaço para fuga por cima, ou mergulhava ou me deixava dilacerar, o céu me empurrava para baixo.

prestes a pular na água quente, olhei para trás e avistei a poucos metros da jangada o menino. flutuava sobre a porta com placa de mãe, com a mesma roupa de mergulhador com que mergulhara no lago da praça com a ajuda da ursa para fugir do ataque dos pavões. carregava nas mãos um relicário, caixa preciosa de madeira escura feito a porta, do tamanho de uma caixa de sapatos, toda ornada com dentinhos de leite lapidados e que formavam desenhos simétricos na tampa. quatro alças de plástico que fingiam bronze davam um tom clássico às laterais. bem no meio da tampa, uma válvula de panela de pressão dourada fazia o barulhinho de feijão no fogo e soltava uma leve fumaça branca.

ao me perceber em aflição no meio da tempestade, abriu delicadamente o relicário e os cuspes que caíam por todos os lados passaram a ser atraídos para ela, abandonaram a reta e seguiram a diagonal que conduzia a uma pequena caixa que parecia de fundo infinito. a tempestade desenhou-se em funil, e assim que todas as bocas se dissolveram, as nuvens esvaziaram e o último cuspe empedrado fora guardado, o menino a fechou com a mesma delicadeza e cuidado com que a abriu. e ao fechá-la, a porta com placa de mãe submergiu como um submarino. o feijão da água clareou por alguns instantes para que pudesse ver de cima a sua descida. pouco antes de desparecer no fundo desconhecido, levantou a cabeça com aquele capacete redondo bem na minha direção e me olhou fixamente, e então entendi que não me salvou das pedras, as recolheu para que eu vá atrás delas.

******

Sou forçado a mergulhar? *Toda força desse mar não é externa a você, é só o você que você não controla,* respondeu Yolanda.

******

Poesia e música são coisas de viado e desses comunistas que estão na rua, mais um motivo para você sair dessa escola, está muito sensível, assim não vira homem (o pai, aos gritos, para o menino, ao rasgar o caderninho amarelo e jogá-lo no vaso sanitário, em 3 de março de 1983). Sua vida é muito certinha, pequena e sem poesia. Você é um cara insensível, ainda me pergunto como me casei com você (ex-mulher teco-teco mostarda, em 2 de julho de 2005). Não foi isso que eu pedi, quero uma dissertação, não um texto poético, senta lá e refaça tudo, escreva direito e de forma clara e objetiva como foram suas férias (a professora da terceira série primária, ao riscar uma folha inteira de um texto do menino, na frente dos colegas, em 4 de março de 1983). Seu texto é muito duro, meu amigo, até suas mensagens de celular não têm um sorriso, um coração, nada. Você precisa de mais poesia na escrita (amiga teco-teco melancia, em 20 de dezembro de 2017). Eu compro outro caderninho para você, não precisa chorar, mas vê se usa para fazer desenhos e para melhorar a letra, esse negócio de poesia seu pai não gosta e pode dar mais confusão, por que se meter nisso? (a porta com placa de mãe, baixinho para o menino, assim que chegou do trabalho, em 3 de março de 1983). Acho que faltou um pouco mais de sensibilidade nesse seu texto, já pensou em ler poesia para aprimorar a escrita? Isso vai ser importante para o vestibular (professora de redação do Ensino Médio, em 7 de outubro de 1991). Essa diretora deve ser comunista, para dar um desconto desses, só pode. Vou denunciá-la, você e a porta com placa de mãe, para que eles sumam com vocês. Quero ver você se entender com os homens (a tia para o menino, assim que soube que ele continuaria na escola, em 4 de março de 1983). Para quem você está dando naquela escola para conseguir isso, sua filha de puta? Porque de graça é que não é. Esse moleque é burro para caralho, alguma coisa você teve que fazer (o pai para a porta com placa de mãe, na frente do menino, após saber do desconto dado pela diretora, em 4 de março de 1983).

******

Você vai ficar na escola por sorte, seu filho da puta, mas se eu encontrar mais uma poesia nas suas coisas, te cubro de porrada e tiro você desse colégio no peito, essa casa tem dono e exijo respeito (o pai para o menino, antes de ele ir para a escola, em 5 de março de 1983).

******

em uma parte do mar mais distante da superfície, profundidade em que não se desarmam armadilhas, um velório. o pai apascentado em definitivo pelo tempo, em um caixão de madeira escura, as alças que fingiam bronze, coberto pelos girassóis do estampado do vestido da tia e por um número sem fim de cigarros baratos. rosto branco-pálido com tons de cinza ao redor dos olhos e o violáceo do céu no entorno da boca, de onde ainda escapava alguma fumaça pelos cantos, subia e exalava fedor amargo dos fumos de má qualidade. as mãos enegrecidas feito charque com as unhas sujas sobre o peito, e presa entre elas, escorada pelos dedos endurecidos, a vela acesa do banheiro. o paletó feito do tecido estampado e encardido do sofá exibia dentes no lugar dos botões, incisivos e caninos alternadamente fechavam as duas partes. as panelas da cozinha flutuavam por cima do caixão, totalmente ariadas, reluzentes, sem sinal de água suja ou do sangue coagulado das chagas de Cristo. sombras que sugam sangue, em formatos humanos e bestiais e de tamanhos variados, vagavam em todas as paredes de azulejos brancos da capela à espera dos familiares. a porta com a placa de mãe, fincada em pé bem atrás do caixão, na altura da cabeça do pai, sustentava uma guirlanda de Natal com luzes pisca-pisca da mesma cor dos raios do céu e que encobria a maior de suas lascas, guirlanda séria, de ramos escuros e com luzes zangadas, mas piscava e brilhava. do desconhecido do outro lado da porta, apenas silêncio. no chão de cerâmica em tom de terracota, estilhaços da caixa de concreto para esquentar água cor de graminha, de azulejos brancos com desenhos em azul do banheiro do conjugado, cacos de imagens de Nossa Senhora, guimbas de cigarro, bolinhos de arroz, feijão e farinha bem endurecidos e muitas pedras de cuspe, as mesmas que ele adorava arremessar. tudo misturado à água suja e a coágulos enegrecidos do sangue das chagas que pareciam ter um dia pertencido às panelas. em um canto próximo a uma das paredes repleta de sombras, a tia, com seu vestido azul sem os girassóis, adornavam o caixão, tentava ansiosamente com um desentupidor de sucção amarelo-ovo retirar pedras de cuspe que obstruíam uma privada de louça branca e que transbordava de urina escura e fedida, líquido que se misturou à água suja do chão, dando-lhe um tom amarelado e um fedor sem descrição possível.

vi o menino chegar todo de preto, amparado por uma das sombras das paredes, que com um enorme e fino braço de mãos largas e dedos pontudos tocava de leve em seus ombros. sério, não triste, solene e protocolar, consciente no olhar sobre a nova condição de narrador soberano do pai, de profeta ao avesso uma vez findo o futuro, de senhor sobre o desenho e o cheiro do passado. carregava seu relicário nas mãos, o abriu e começou a caminhar ao redor do caixão, e a catar do chão todas as pedras e todos os bolinhos de feijão, arroz e farinha endurecidos, indiferente ao fato de já embebidos pela água suja misturada à urina. depositou quase todas as pedras e os bolinhos naquela pequena caixa capaz de guardar o mundo, e o que sobrou no chão foi comido como tira-gosto pela sombra que o amparava. aproximou-se, então, do pai inerte e depositou o relicário sobre sua boca, impedindo que a fumaça que ainda saía pelos cantos continuasse a subir.

imediatamente começou a nevar, e os sinos que anunciavam a Missa do Galo badalaram com sons de alegria. o vão da porta com placa de mãe aumentou um pouco de tamanho, mais uns dois centímetros para que chegasse de lá do outro lado uma travessa repleta de rabanadas cobertas com açúcar de confeiteiro e canela, uma mistura de branco e marrom em contraste com a terracota do piso e o inox da travessa. nas panelas areadas reluzentes vi meias com presentes dentro, embrulhados em papéis coloridos cítricos, as mesmas cores dos teco-tecos - laranja, limão, piscina, mostarda e melancia, e laços de fita vermelhos com bordas douradas. na parede, uma das sombras com um amito verde de detalhes dourados sobre os ombros deu a comunhão para a tia. as outras dançavam e comemoravam, uma delas brincava com a sombra de um barquinho de brinquedo, corria com ele de um lado para o outro, outra comia um pedaço de sombra de bolo de aniversário esfarelado. sobre a privada branca, um enorme pinheiro de Natal com bolas negras e luzes pisca-pisca violáceas bloqueou a passagem da urina.

a corrente do mar naquele momento mudou bruscamente de humor e de direção, empurrando-me a subir, uma corrente com temperatura de saia já daqui. levou-me com uma delicadeza decidida e firme até a jangada, e o sal concentrou-se ao redor dela a ponto de turvar ainda mais a água, para que flutuasse com maior facilidade e conseguisse retornar aos paus de bordo, e enfim cumprir a ordem expressa de navegar à bolina. não foi apenas o sal que me fez flutuar, na superfície senti-me mais leve, como se uma âncora que há tempos dormia sobre minhas costas tivesse sido esquecida lá embaixo. mas, ao olhar para o banco de ré, bem do lado do remo que aguardava a força dos meus braços, vi o mesmo relicário que o menino deixou sobre o rosto do pai morto, e o peso das costas voltou. no lugar dele, o pai fora sepultado com o relógio do centro espírita com o diabo no meio sobre o rosto.

******

Pai morto, pai posto. Câncer de boca e garganta que em oito meses lhe comeu as carnes como ácido faminto e converteu seu sangue em lava fervente a derreter todos os órgãos por onde circulava, tumor-vulcão que entrou em erupção, explodiu em mil pedaços e fulminou o injusto. Pai morto, pai seco, pai oco, com os ouvidos bloqueados a toda a música da vida, mergulhado no breu, no silêncio, boca cujo fel ninguém mais prova, corpo que não é mais do interesse do bem, nem do mal. Não deixou bens, nem boas memórias, não ganhou cerimônia honrosa daqueles brutos sanguinários que por anos defendeu, enterro quase vazio, pois era um deles sem ser, uma peça truculenta como tantas outras, sem qualquer relevância, base de sustentação do insustentável, mas apenas a base. Contudo, não produzia um mal banal, seu mal tinha a mesma intensidade, a mesma natureza do mal que reinava no topo, com a única diferença que era desimportante. O que é dele por anos guardado, foi o cigarro que entregou. Pai que sempre fora um não, definitivamente convertido em sem. *Ah, essa conhecida pele de não que por dentro sempre esconde um sim!*, disse Yolanda.

******

a linha que separa o mar cor de feijão do céu roxo virou um enorme fio de macarrão, um espaguete adiáfano, de opacidade divisória e ofensiva aos brilhos de cima e de baixo, lambuzado nas pontas com molho de tomate cor de sangue fosco. inalcançável. no relógio do centro espírita com a cara do diabo no meio, preso em uma parede alva de localidade indecifrável, os ponteiros dispararam no sentido contrário das horas. na escola, meninos e meninas uniformizados e com feições do joão-teimoso do berço e o mesmo cabelo cor de abóbora desenharam com giz rosa fluorescente no chão de cimento queimado do pátio um mapa indefinido, de geografia vazia, e no meio dele um vórtice de folhas secas de amendoeiras sugou soldadinhos de chumbo de uniformes azuis com girassóis amarelos. era recreio. no cemitério cinza-escuro-triste onde dormia o pai, o menino cavava. com as mãos.

******

Hora de descobrir o que mudou em você, hora do nome das coisas, disse-me Yolanda. *Diga como se chama a tia.* Nada respondi.

******

o macarrão adiáfano declarou-se dobradiça, ameaçou encostar o céu no mar, fechar-me no meio com a jangada e arquivar a viagem em um acogulado esquecido qualquer, caso insistisse em não reconhecer e assumir a penumbra. o vórtice de folhas secas que sugou todos os soldadinhos de chumbo deu lugar a um vaso sanitário amarelo-ovo com tampa azul-bebê como as gotas de crochê, bem no meio do mapa de geografia vazia. sobre ele, no lugar de uma caixa de descarga, a caixa de concreto para esquentar água do chuveiro azul-royal com girassóis amarelos com a luz vermelha acesa, pronta para o banho e para despencar. no cemitério, o menino cavava, cavava, cavava, sempre com as mãos, mas sabia que o pai não descansava ali.

******

O pai morto vive além, bem além. Inalcançável como o macarrão? *O alcance é só um cálculo, uma decisão, mas na sepultura dele moram os restos vivos da tia, e você precisa dizer o nome dela.* Não sei, não lembro, sequer recordo se alguém ou algo em algum momento me contou. Dizem que falar o nome de um demônio o convoca a aparecer, não seria prudente.

******

sentada sobre a areia da praia, assim como era no princípio, a tia nua roçou duas pedras de cuspe, uma em cada mão, delas nasceu a fagulha que incendiaria todo aquele mundo, e antes que a palavra lhe tirasse a falsa estatura, a verticalidade exagerada, combinou o fim com o macarrão.

******

Engasgo neste ponto do abismo. Sou um náufrago que admira a última miragem antes do fim. Ainda vejo perguntas álgidas boiando nessas águas mornas, mas tudo vai acabar. Onde encontro os nomes das coisas? Como posso acessá-los para continuar a navegar? *Corte as carnes e os nervos que os envolvem, limpe as artérias e as veias, há corações ocos e apodrecidos ao redor de alguns deles, outros estão dentro de tubos de vísceras,* disse Yolanda. Acabo de ver um em uma poça de lama. *Só viu porque o desespero que simula o fim também desata os nós. Diga-o.*

******

Tia Penha.

******

neurônios conectados por luzes anis pulsantes firmaram um céu de sinapses estreladas. no mar cor de feijão, um cardume de peixes-hóstias submergia e voltava à superfície num balé cadenciado e disruptivo da ordem que regulava o que existia embaixo e o que pertencia à superfície, seguia a jangada. vapores de mirra com odor de sofrimento e o aspecto de uma fumaça fina verde-musgo subiram das águas acompanhados por centenas de palavras gasosas sem nenhuma cor e que não consegui ler, ambos ansiosos por alcançarem as sinapses.

sobre a jangada, um pequeno baú feito com ripas de caixote, pintado de verde-musgo com guache, no mesmo tom dos vapores de mirra, dobradiças douradas e trabalhadas, e a tampa aberta. dentro dele, roupas de menino, todas brancas, uma camisa de malha, uma calça comprida de brim e meias finas, passadas e bem dobradas. por cima delas, um par de sapatos sociais também brancos, um terço de madeira escura, a mesma da porta, e uma bíblia de mão com capa de couro preto e letras douradas, encapada com plástico transparente com bolinhas vermelhas.

apesar de as luzes de cima terem ofuscado por um tempo tudo mais que se apresentava como paisagem, aquela foi uma noite em que as sombras se abriram. impulsionados pela propulsão do rancor, os vapores subiram em velocidade, envolveram as células luminosas que encenavam as estrelas e bloquearam os toques pulsantes entre elas. necrosaram os neurônios, apagaram as sinapses e inauguraram o breu, que serviu de esconderijo para as palavras gasosas e sem cor que eu não li. na escuridão total, até a vela da jangada escapou aos olhos, dissolveu-se o longe e o perto, o certo e o errado, breu mentiroso que simulou converter o tudo em nada na ambição de desinventar Deus, mas o tudo ainda morava lá.

a noção de tempo também escureceu, cheguei a pensar que a partir de então navegaria totalmente às cegas e não mais como um jangadeiro que enxergava e não via, até que ao longe e bem ao alto surgiram pequenos pontos de fogo, dezenas deles, como aviões distantes a se movimentarem rapidamente em minha direção. na medida em que se aproximaram, iluminaram o escuro como lamparinas a sombrearem o firmamento, ganharam tamanho, som e forma. cigarros com asas de morcegos, do tamanho de gaivotas, iluminados pelo fumo queimante feito brasa nas pontas que lhes eram cabeças, de onde saíam grunhidos que nunca havia ouvido. todos com um par de garras de águia, enormes unhas e rabos em forma de tridente. alvoroçados, ao sobrevoarem próximos à jangada mergulharam em rasantes síncronos e raptaram os peixes-hóstias assustadiços e indefesos com suas presas bestiais. muitos foram queimados e devorados bem na minha frente, outros levados para a refeição em algum outro canto desconhecido do breu. e por ali ficaram, naquele ataque feroz, até que no mar nem mais um peixe daquele fosse visto.

assim que partiram, o céu voltou ao tom violáceo, com seus raios azulados entrelaçados e silenciosos, sem sinal de neurônios, sinapses, vapores ou palavras. percebi na outra ponta da jangada que as roupas tão bem dobradas, passadas e dispostas no baú de ripas de caixote estavam todas remexidas, algumas emboladas. ao abrir a camisa branca, notei uma enorme mancha de cinza de cigarro, e uma outra parecida sobre a calça. por dentro do baú, pequenos pedaços estilhaçados de hóstias, restos mortais da refeição recente. a bíblia encapada e o terço de madeira escura feito a porta com placa de mãe haviam desaparecido. no lugar deles, um copo de vidro azul com uma pintura de um girassol amarelo, e um relógio de pulso desses que permitem trocar a pulseira por outras de cores diferentes, amarelo-ovo, com o rosto do diabo do relógio do centro espírita bem no meio.

******

Ainda dói bastante, será que um dia melhora essa dor provocada por ímpetos ásperos de tantas línguas? Eu só queria conseguir ver alguém no espelho. *Não adianta tentar se refletir no raso d'água enquanto as chagas do fundo forem veneno em vez de remédio.* Remédio que cura? *Não, remédio que explica.*

******

Aos 9 anos, o menino foi obrigado por tia Penha, com apoio do pai e a abstenção da porta com placa de mãe, a se matricular na catequese da igreja perto de casa. Aulas todos os sábados das 13h às 17h. Em menos de um mês, leu todo o Velho Testamento, passou a ajudar na missa das 17h30m como coroinha, dominou rapidamente todo o ritual e integrou a comissão organizadora dos jogos infantis da paróquia, seletiva para a Olimpíada da arquidiocese. A semente que a tia plantou na expectativa de sofrimento e dificuldade, germinou alegria e espírito de liderança, colheita maldita que precisaria ser queimada em algum momento. *O que você acha que a tia Penha sentia pelo menino?* Sentimento de que nascera por um erro de trajetória, um castigo irônico do destino. Sempre quis ter um filho, mas o que conseguiu com o tempo foram três enteadas, filhas do segundo marido. Perdeu duas gêmeas ainda durante a gestação, caiu de uma escada, e um menino com dois meses de gravidez, três anos depois do primeiro acidente. No mesmo ano, o primeiro marido morreu de infarto, aos 33, idade de Cristo, ressaltou nas poucas vezes em que falou sobre. Assunto tabu, aconteceu muitos anos antes de o menino nascer, ninguém ousava lembrar. Como pode o irmão problemático, pobre e malsucedido e que nunca pensou em ser pai conseguir, e tão rápido, o que ela tanto desejou? O único sucessor biológico de uma família pequena não fora germinado em seu ventre. Poderia não ser problema algum, não deveria, mas era, naquele mundinho conservador e patriarcal, sangrava como uma enorme ferida teimosa em manter-se latente. O menino encarnava a injustiça, uma vantagem inaceitável para alguém que sempre deveria ser mantido em desvantagem. *Então, o problema não era com o menino, mas com o pai?* O problema principal, o primeiro, podia até ser o pai, mas a solução estava na criação de um menino inviável, tão ou mais fracassado que ele, um projeto falido e que resultasse na seguinte resposta ao destino: está vendo? Bem-feito, apostou na pessoa errada! Se viesse de mim, se fosse minha carne, viveria no seio de uma família com pensão de militar decente e com salário de padrasto gerente de banco respeitado, não com a miséria de um PM raso e aposentado por invalidez. *O menino sempre soube dessa rejeição?* Sempre sentiu e ouviu, especialmente nos momentos em que foi ajudado, ainda que indiretamente, com as compras de mês no mercado, com o caderno da escola, com o mertiolate do machucado no joelho.

Nada fora de graça, nem um bife entrou naquela casa por meio de Tia Penha sem que o preço a pagar fosse muito alto, e quem mais pagou foi o menino, paga ainda hoje. Dois dias antes da primeira comunhão, ele ganhou o primeiro relógio de pulso, presente da porta com placa de mãe, e a promessa de que após a missa haveria uma festa, com bolo todo branco feito e decorado pela vizinha de porta, salgadinhos, doces e que os coleguinhas da turma de catequese seriam convidados. Para isso, recebeu 15 santinhos-convites, na frente a imagem de um anjinho da guarda, atrás os dados e a hora da festa. Tomou banho, penteou o cabelinho molhado para o lado direito e bem grudado na testa, vestiu a melhor roupa, colocou o relógio no pulso e partiu para a igreja para anunciar a novidade e distribuir os convites.

******

em um vaso repleto de espadas-de-são-jorge amareladas pela falta de Sol, às seis da tarde e ao som da Ave-Maria de Gounoud, floresceram chupetas azul-bebê. enfeitavam o teto da velha geladeira cinza-chumbo da cozinha, ao lado de um galo português que mudava de cor com a mudança de tempo, seu tom abóbora-escuro indicava chuva.

na praça, Tia Penha com um vestido de renda azul-royal com girassóis amarelos organizou em fila um grupo de moscas, todas de branco feito o menino, a caminho da igreja, pintada de cimento queimado. no meio do lago, a imagem de Nossa Senhora igualmente branca e no lugar de seu sagrado coração, uma chupeta azul-bebê, de crochê. balançava como o joão-teimoso. sob comando da tia, as moscas seguiram apressadas em direção à igreja. os dois sinos da torre anunciaram o início da missa.

******

Se as palavras há tempos optaram por esconderijos, deparo-me com frequência com a estética incontornável dos meus sentimentos. Em minhas lembranças residem tatos, texturas, rostos, cheiros, formas, sinestesias variadas, mas sinto falta dos nomes. *Porque os nomes apontam,* respondeu Yolanda. Os nomes desenham os rostos verdadeiros que esqueci, respondi.

******

do alto de uma árvore na rua que passa ao lado da praça, avistei a uma quadra de distância um bugre sem teto todo forrado com lantejoulas rosas reluzentes, faróis dourados acesos e pneus prateados, ganhou velocidade e em segundos passou bem embaixo de mim. as enormes malas marrons com adesivos de várias partes do mundo colocadas no banco detrás indicavam que a viagem seria longa. no banco do carona, Nossa Senhora de óculos escuros vermelho-sangue e com uma echarpe de pele sintética cor de cimento queimado, ao lado de um enorme querubim de gesso amarelo-escuro, responsável pela direção. olhou para cima, deu um adeus apressado com as mãos, gritou para mim: desça!, e seguiu.

Tia Penha chegou na porta da igreja com as moscas vestidas de branco em fila e prontas para a cerimônia, mas as portas do templo estavam fechadas. colada na entrada principal, um aviso: desça!

o menino de cabelo ainda molhado, todo de branco, tentou abrir apressado a porta da sala do conjugado, mas assim que a tocou ela se converteu em uma parede de tijolos. na única janela do lado oposto, o mesmo bilhete em cartolina branca e letras rosas: desça!

******

Tenho medo de não suportar a pressão de um mergulho profundo e escuro. *Seus pontos negros estão alinhados, você não precisa mais cortejar somente a branca luz, está pronto, se o bilhete está em todo o canto, chegou a hora,* disse Yolanda. Mas no ventre do mar a escuridão é abissal. Quem foi que definiu essa hora? Quem sabe o que se dá em mim? *Enquanto você reluta, o mar intui.* Não quero aprender a soletrar adeus em pleno breu. *Nesse escuro é que você finalmente conseguirá ver a luz da Lua Cheia.* Mas há uma história interrompida por causa dessa ordem tão abrupta, não percebe? *O que você chama de abrupto foi preparado desde a sua praia, e a história não foi interrompida, aguarda o desfecho do que realmente importa lá embaixo. Se continuar a seguir pela beira, se quiser somente espuma, vai faltar sal. Não arrisque uma fuga contra o seu tempo, é tempo do fundo.*

******

sem saber como, desci rapidamente a uma profundidade onde as cores morriam. região abissal engolidora de luz, de desconhecida selvageria em estado de natureza e cujo mergulho até então nunca fora autorizado. a densidade e a pressão serviram como um invólucro a pressionar-me contra mim mesmo, carne contra ossos e ossos contra carne, vísceras espremidas, coração apertado e autocensura em estremecimento. percebi-me sem a luz da superfície ou o fundo da jangada como guia, sem referência do em cima e do embaixo, da esquerda ou da direita, como se um cordão umbilical invisível que sempre me orientara nos fundos fosse repentinamente desfraldado de meu ventre. o desnorteio, contudo, não me desesperou, diante da profundidade de desígnios até então insondáveis o desespero seria rebeldia inútil. tornar-me apenas submissão, alvo passivo de uma manipulação misteriosa e espectador do sinuoso antigo, dos cacos e da poeira que moravam embaixo do tapete pareceu-me mais sensato, e ao vestir-me como personagem submisso em relação ao meu eu não traduzido das profundezas, senti uma enorme paz que me incursionou num sono já dormido, mas há muito tempo inalcançável. sono sem sonho ou pesadelo, sem alerta nem boca seca, dobrado em posição fetal, molhado em algodão macio de um útero quente, que me reconstituiu a partir do escuro e da ausência, alimentou meus ossos e me recuou em minhas piores fadigas. desconheço o tempo que o tempo teve naquele apagar de mim. o tempo é passional, corre feito rio de corrente enfurecida ou dorme como água de lagoa sem vento conforme seus desejos e afetos, e durante aquele sono, complacente com a coragem de meu mergulho mais profundo e a fim de descomprimir-me as retinas fez questão de ser chamado de breve eternidade.

despertei de súbito com as luzes intensas que vinham dos olhos de peixes-crucifixos, labaredas amareladas e ávidas por ressuscitarem as cores mortas, romperem a enganadora contundência do silêncio e revelarem as texturas e desenhos do jarro do barro da vida que moldei com minhas próprias mãos. apareceram em um pequeno cardume, cada peixe com um olho enorme e redondo como um farol de carro sobre a cabeça de Cristo. as barbatanas de escamas prateadas nascidas de cada mão pregada batiam lenta e sincronizadamente, e o longo rabo igualmente escamado que brotava dos pés chagados serpenteava a água pesada como a vela da jangada fazia com o vento. nadaram em perfeita coreografia ao meu redor e iluminaram toda a perdição até então repousada pelo breu e que sempre falou outra língua e sempre cerrou minhas pálpebras.

abaixo de mim, avistei Tia Penha sentada no sofá verde-musgo estampado e turvo pelas cinzas de cigarro, com seu vestido azul-royal de girassóis amarelos arregaçado até a cintura, as pernas brancas semidepiladas, desnudas, abertas e sem qualquer véu entre elas. no aquoso de suas córneas sempre turvas um brilho intenso de desejo, pelos poros abertos e oleosos de sua pele esgaçada escorriam suor e ganidos de fêmea úmida. na boca que amaldiçoava o mundo, uma longa cigarrilha vermelha no tom das pétalas de rosas boleadas soltava fumaça cor de cimento queimado com cheiro de bife à milanesa. com as mãos longas e bem enrugadas de dedos finos e unhas amarelas, enfiou em sua vagina enorme, de labiosidades flácidas e de violáceo irritado, coberta por uma grossa e espinhenta penugem branca, uma a uma e vagarosamente pedras que arremessou contra a porta com placa de mãe. no ápice do deságue de suas iniquidades, enquanto a maior delas a rasgava com suas pontas duras e perfurantes, mijou e gozou. vômitos vaginais de estupores, de espumas tóxicas e espessas por recalques. líquidos em tons de amarelo-podre, misturas heterogêneas que flutuaram talhadas de azedo nas águas pesadas pela profundidade e que serviram de alimento aos peixes-crucifixos, disputaram até a última gota. estremeci em tesão.

mais abaixo, panelas em inox vazias boiavam desordenadamente. dezenas, uma pequena floresta marítima delas, limpas e minuciosamente areadas, que refletiam de forma intensa a luz dos olhos dos peixes-crucifixos. pratearam todo aquele pedaço de água escura. em outro canto, um pouco abaixo delas e sob efeito daquela luz, o pai. homem rejuvenescido e de silhueta voluptuosa, músculos fortalecidos e que podiam sustentar o universo de tão enrijecidos e delineados, sentado em uma enorme pedra, apenas de cueca branca e molhada, excitado a ponto de ser possível perceber todos os contornos, as veias e artérias, e o volume descomunal e até então desconhecido de seu membro dominador. soltava fumaça de cigarro barato pela boca e pelos poros dos braços peludos e fortes, e pelo peito definido e hipertrofiado. no rosto pela primeira vez luminoso, o semblante de palavras quentes e de quem, definitivamente, Deus nunca dirigiu, delicioso rebento do profundo anárquico.

ao redor dele e em semicírculo, seis garotos, dois antigos colegas da escola, dois vizinhos de prédio na infância e outros dois não reconhecidos, todos vestidos apenas com cintas-ligas vermelho-sangue que realçavam seus corpos de leite e seus traseiros rijos, calçavam scarpins de enormes e finos saltos na mesma cor. esmeravam-se em poses sensuais, mãos nas cinturas e nos quadris, nádegas empinadas, disputavam arduamente com suas bocas carnudas e aveludadas um lugar no banquete. o pai, senhor da linha tesa entre a lâmina e o porrete, domador da lascívia dos impuros, abaixou lenta e sensualmente a cueca quase transparente até que nenhuma barreira impedisse a visão total e inequívoca de seu enorme membro ereto sem anverso e reverso, denso, grosso e uniforme em todas as direções, pedaço pulsante e infernal de carne viva que desemboca na larga e espessa borra rósea que desenha sua glande. falo onipotente sustentado por duas granadas escrotais pulsantes e que, uma vez libertas da cueca, o fizeram jorrar em fartura e sem interrupção seu líquido branco e espesso, cujo cheiro ácido agitou ainda mais os meninos ao redor e atraiu os peixes-crucifixos.

com os olhos fixos em mim, escolheu três dos ninfetos de lábios mais carnudos e de nádegas mais empinadas, e os ordenou com a mão para que se ajoelhassem diante dele e bebessem o quanto conseguissem do néctar jorrante. desapossados da geometria hipócrita da superfície, os três deixaram de lado as nugas e obedeceram sedentos, disputaram cada gota, untaram suas línguas com o líquido da vida e da morte e sentiram o gosto amargo de um sêmen com um toque de nicotina descer por suas gargantas. quanto mais sugavam, maior o olhar de desejo com ponta de escárnio com o qual me prendia, e maior a fartura da bebida. e quanto mais gozava, mais fumaça soltava pela boca e pelos poros de seus músculos rijos.

não consegui moldar uma máscara que me livrasse daquele fogo. tive sede e formigamentos ancestrais afloraram, a pele da nuca exasperada e ao mesmo tempo desejosa pelo bafo áspero e quente e por aqueles sussurros e gemidos de contramão. seduzido contra a solidez frágil de meus altares e de uma ordem decrépita, mas incapaz de tornar-me no todo uma nova chama, dupliquei-me. de meu ventre e de minhas costelas desesperadas descolou de mim um outro eu, à minha imagem e semelhança e único herdeiro de minha suculência reprimida. despontou-se para a vida um novo eu de cinta-liga vermelho-sangue, scarpin de salto alto e fino e de nádegas empinadas e boca macia e carnuda desejosa por sorver o licor morno do pai. eu que num impulso se ajoelhou diante do algoz e implorou por espaço para matar a sua sede e amenizar o calor antigo.

o pai consentiu. os três que bloqueavam a passagem se levantaram, saciados, lambuzados, e caminharam para uma região mais distante, à direita e da qual não tinha notado a existência. cambaleante de ansiedade e babando o caldo viscoso do desejo, o eu de cinta-liga, propositalmente apartado de qualquer concorrência, deliciou-se diretamente na fonte. sob o olhar perscrutador de quem alimentava sua pupa, colou como velcro seus lábios macios na carne rósea e mais inervada e sensível daquele ferro cravado no centro do universo. pouco depois, sentiu as mãos malignas de um pai feroz, insatisfeito e animalesco escorrer com vigor por seus cabelos até a nuca, e empurrá-lo com força contra ele até que os lábios carnudos tocassem sua virilha e seu membro ultrapassasse as amígdalas. com o líquido quente jorrado em quantidade e diretamente no estômago pela volúpia do ímpio, ouviu um coro de vozes severas, um arrastar de correntes em um assoalho de madeira, gargalhadas roucas e sentiu um corvo bicar em seu ventre, digeriu a morte.

enquanto um eu prosternado entregou-se ao melado com fel, o outro observou e seguiu os garotos de cintas-ligas, que se dirigiram a um descampado de chão batido em tom de terracota e se aproximaram de uma enorme cruz de madeira escura, onde vi o menino pregado pelos pés e pelas mãos, com chapeuzinho azul-claro de papel sobre a cabeça, mariposas coloridas grudadas em seu peito desnudo, todo ensanguentado e com o coração transpassado por um uma pontuda lancha de palitos de fósforo. na parte mais alta da cruz, uma maçaneta que fingia ser de bronze, bem descascada. ao redor do calvário, um amontado de pedras cinzas e pontudas exalava uma mistura de fumaça de cigarro barato, gás lacrimogêneo e mirra, oferenda lacrimosa e fedida a celebrar demônios recônditos.

os meninos posicionaram-se em semicírculo ao redor da gólgota inesperada, na ordem idêntica quando diante do pai e nas mesmas poses. asas transparentes de moscas carniceiras brotaram de suas costas à espera dos restos de vida e das tíbias ulceradas e partidas, deliciaram-se de pronto do punhado de desespero emanado do lenho escuro e que pairava nas águas, e aguardavam lascas da pele lacerada em formato de hóstias a serem oferecidas embebidas no sangue do sacrifício. Tia Penha, contudo, os espantou para longe. de cinta-liga azul-royal com girassóis amarelos, e scarpin cor de cimento queimado, caminhou até os pés da cruz, viu que em seu relógio de pulso amarelo-ovo, desses que se troca a pulseira por outras de cores diferentes e com o rosto do diabo do relógio do centro espírita bem no meio, marcava três da manhã, e ao perceber o menino já inerte, arrancou o enorme prego que varava os pés, subiu em uma pequena escada, arrancou os pregos das mãos, colocou-o sobre os ombros e desceu. sentou-se em uma das pedras e o deitou em seus braços. enquanto contemplava o menino morto, no semblante da tia um enorme sorriso de um canto a outro da face se abriu como poucas vezes, sensação de conclusão de um jogo imundo e o cumprimento de sua vocação primitiva a cegar os nós.

o pai, nu, aproximou-se da sorridente Tia Penha sentada na pedra com o corpo do menino, e atrás dele voltaram os garotos de asas acompanhados dos peixes-crucifixos e do eu extasiado e de estômago pesado. apontou seu membro ereto na direção dela e do menino, e jorrou com ainda mais força que antes seu líquido branco em cima deles. onde batia, empedrava. em pouco tempo, eternizou uma Pietà hipócrita ejaculada na hora invertida, marmorizada em jato de porra.

******

******

******

******

O mar vai e volta com o gosto do gozo que ficou na minha boca. *Nessa noite, meu pobre amor de papel, esqueça a cor do anúncio lá do céu,* cantou Yolanda. Louca, louca, louca, louca, louca, louca, louca, muito louca, muito louca!, cantei em resposta. Desnorteei-me, chorei, Choro com o ar às golfadas, e mesmo sem sentir meus pés rasgarem sobre os cacos de minha vida, cantei: na arcada principal, secreto mal, e Yolanda respondeu: *numa noite de neon, de papel crepom.* O gozo é um licor, reconheci. *Louca, louca, louca, louca, louca, louca, louca, muito louca, muito louca!,* cantou Yolanda, *e assim deve ser: louca, louca, louca, louca, louca, louca, louca, muito louca, muito louca!* E agora? De que serviu tanto calor e tanto suor frio? *Serviu para você dizer um nome. O nome do pai.*

PM Firmino.

******

Se Deus quiser quando eu voltar do mar
Um peixe bom eu vou trazer.

Meus companheiros também vão voltar
E a Deus do céu vamos agradecer.
(Dorival Caymmi – Suíte do Pescador)

na praia, sentado sobre enormes pedras de minha história, fósseis apaziguados e cravados em areia aveludada, avistei no horizonte as jangadas que voltavam. muitas. compunham silhuetas no espelho d'água que as dobravam em quantidade, pois navegar me ensinou a contabilizar as sombras. chovia leve, água bem fina e constante, doce e límpida a clarear o mar que se tornou incolor. o céu permaneceu no violáceo tenro, assustador e acolhedor como raiva embebida em mel, mas novos rabiscos de um tom abóbora fluorescente de aurora, e que acendiam na linha do fim, profetizavam um tempo de brandura. ventos profusos passaram a soprar na direção da areia e a cooperar com o retorno, mas nas partes mais altas inverteram o sentido e bloquearam a aproximação dos aviões teco-tecos cítricos que surgiram ao fundo da paisagem e tentaram mais uma vez me sobrevoar com seus quebrantos e a me fazer cócegas dúbias. vento que formou um paredão espasmódico e nevrálgico, hipersensível a qualquer acercamento hipócrita e que os empurrou a voos em revertério com destino ao desmanche resultante do esquecimento dos lugares distantes.

as jangadas se aproximaram rápido da costa e deslizaram quase que juntas da arrebentação à faixa de areia encharcada, que com a espuma rala do fim das ondas desenhava a fímbria entre a terra firme e o oceano. desci das pedras, venci com andar trôpego as areias macias e na camada tíbia corri em direção a elas. em todas navegavam o menino. em uma delas, com o uniforme da escola, em outra, cuja vela tinha o contorno de uma enorme harpa, com roupa de aniversário, mariposas grudadas nas costas e chapeuzinho azul-claro na cabeça, em mais outra com o traje branco da primeira comunhão, uma grande cruz de madeira no peito decorada com dois dentes de leite e o relógio do centro espírita com o diabo no meio preso à vela, e numa um pouco mais ao fundo tremia sem roupa e molhado, com a caixa de concreto para esquentar água do banho estilhaçada ao seu redor. o que desceu de uma das jangadas em minha direção vestia a roupa de mergulho dourada com capacete redondo cor de cimento queimado com a qual já havia me encontrado. carregava o relicário com a mão esquerda e mantinha a mão direita fechada e o braço estendido em minha direção. aproximou-se desengonçado, sem intimidade com os ferrolhos que o mantinham naquela armadura, mas num andar doce e sabiamente infantil. parou diante de mim com um olhar que amaciava minha face, me ofereceu aquela caixa de madeira escura num mover de braço e de mão que misturava entrega sincera com o desejo premente que a abrisse ainda em sua frente. o mesmo relicário por onde vi entrar incontáveis pedras de cuspes em tão diferentes momentos, caixa túrgida em que cabiam os verbos hostis daquele oceano inteiro. permaneceu parado diante de mim, à espera de que eu acalmasse rapidamente meus ossos ainda perturbados e receosos em cumprir o que fora pedido, dizia-me no olhar querer um abrir empertigado. relutei revisitar todas aquelas pedras no fundo infinito que parecia existir nela, lembrar-me mais e mais uma vez de todas as lascas que tiraram, ruminar o que parecia digerido. aquele olhar de menino despojado de artifícios, de próteses que aumentam ou diminuem as coisas, aquela face lúcida e transparente visível pelo vidro redondo de um capacete, contudo, disse-me que levantar a tampa fazia parte da viagem. aceitei seu comando e a abri com desvelo. não vi fundo infinito, nem pedras. era uma caixa toda forrada por dentro com espelhos nos quais me via ao todo ou em partes, a depender da forma com que olhava. guardada bem no meio dela, um caderninho amarelo, idêntico ao anterior, só que com todas as folhas em branco. sobre ele, um girassol azul. assim que me dei conta do conteúdo da caixa, a mão direita do menino se abriu. tinha um pequeno lápis preto de ponta bem fina, e uma borracha branca, oferecidos a mim. ele os colocou sobre o caderninho dentro do relicário que eu segurava, deu-me as costas com o mesmo jeito desengonçado com o qual chegou, e caminhou em direção ao mar.

*****

Se pudesse, me entranharia nesses seus mares e alteraria toda a geografia, para que esquecesses de vez essa vida que te espremeu, mas não consigo unir meia-noite ao meio-dia, nem me é permitido redefinir a força das suas marés. Além do mais, se essas correntes desenhassem outros cursos, se erodissem outras pedras, jamais poderia chamar este oceano de você. Mais dia, menos dia, o curso das águas e as ondas que quebram em mim revelariam algum caminho que em todos esses anos não vi. Pois sopraram-me que a partir de agora a direção imperativa do meu navegar deve ser de dentro para fora, e só com esse alerta percebi a contramão tão antiga e que a realidade cresceu longe e indiferente à minha cegueira. Por que não me disse que aquela maçaneta redonda e descascada que se recusa a girar não conduzia para dentro? Que o dentro é onde vivo, e que aquela passagem, na verdade, leva ao mundo? Por que não me alertou que o que deveria ter dito tantas vezes sobre a porta é que não consigo sair, em vez de não consigo entrar? *Em algum momento, seus ouvidos e seus olhos se fecharam a todo som e a toda palavra, por defesa, para que tudo o que machucasse não achasse passagem, nem mesmo pelo vão por onde transitam as baratas.* Mas aqui dentro choveu tanto Choro, Choro que brotava da placa, escorria pela madeira escura, desesperava, quase me afogava e inundava tudo, todo esse universo que parecia o todo, mas que agora sinto pequeno como o conjugado. *Chorando, a madeira refez as suas nascentes que outros secaram, e é graças a essas águas que a sua grama verde ainda cresce, que seu terreno é arável. O dentro foi o todo possível diante do resto insuportável, dentro concebido e cultivado como ninho hostil aos predadores, e a porta, uma divisória não só de madeira escura, sangue e água de lágrima, mas de leite cujo poder é matéria que ninguém de fora alcança, sortilégio que o manteve seguro, mas que nunca te prendeu, permanecer por tanto tempo foi escolha sua.* Mas a maçaneta ainda não gira. *Porque falta um nome, lembra? Ainda não percebeu que são as palavras e os nomes das coisas e das pessoas que movem o seu mundo, que abrem as suas grades? Se do lado de dentro da porta, na placa cinza com letras em preto está escrito mãe, no lado de fora há outra, de mesmo tamanho e nas mesmas cores, fixada exatamente na mesma altura. Você agora consegue dizer esse nome?*

Yolanda.

******

Este livro foi composto na tipologia Garamond 11/15
impresso em Papel Avena 80g/m2 em julho de 2023
para a Besouros Abstêmios